TODO ESSE AMOR QUE INVENTAMOS PARA NÓS

Todo esse amor que inventamos para nós

Raimundo Neto

Prêmio Paraná de Literatura 2018 – Contos

© Moinhos, 2019.
© Raimundo Neto, 2019.

Edição: Camila Araujo & Nathan Matos
Assistente Editorial: Sérgio Ricardo
Revisão: LiteraturaBr Editorial
Diagramação e Projeto Gráfico: LiteraturaBr Editorial
Capa: Sérgio Ricardo

Nesta edição, respeitou-se o
Novo Acordo Ortográfico da Língua Portuguesa.

Dados Internacionais de Catalogação na Publicação (CIP) de acordo com ISBD

N469t
Neto, Raimundo
   Todo esse amor que inventamos para nós / Raimundo Neto. - Belo Horizonte,
MG : Moinhos, 2019.
   154 p. ; 14cm x 21cm.
   ISBN: 978-65-5026-044-6
   1. Literatura brasileira. 2. Contos. I. Título.

2019-2206

CDD 869.8992301
CDU 821.134.3(81)-34

Elaborado por Odilio Hilario Moreira Junior – CRB-8/9949

Índice para catálogo sistemático:
1. Literatura brasileira : Contos 869.8992301
2. Literatura brasileira : Contos 821.134.3(81)-34

Todos os direitos desta edição reservados à Editora Moinhos
www.editoramoinhos.com.br
contato@editoramoinhos.com.br
Facebook.com/EditoraMoinhos
Twitter.com/EditoraMoinhos
Instagram.com/EditoraMoinhos

Sumário

11 Nós, a casa
12 Todo esse amor que inventamos para nós
20 A tia de Lalinha
24 Comecei a morrer na boca de Helena
29 Os primeiros olhos
34 Casa de boneca
41 O dia em que engoli o primeiro homem
48 A noiva
52 Maquiada
53 A superfície da palavra
56 Portas abertas, morar sozinho
61 Nunca dissemos eu te amo
66 Tinta fresca
70 A casa interrompida
77 Como é que ele sabe tão cedo que meu corpo é um perigo?
84 Você entende o que quero dizer quando falo sobre o medo?
91 No coração do meu pai, um amor ruindo em perdões
99 Morar no céu
103 Nascemos nos braços velhos da casa
104 Os tropeços foram os menores golpes
106 A herança da casa
108 A morte não para de acontecer
113 A vida que sobrou foi tudo aquilo que desisti
120 O coração como lugar de descanso
127 O tempo perdido no corpo de Lázaro
133 A saudade também é uma oração
137 Não resta nem humilhação num corpo sem nome
139 Caminho feito homem
141 Bendito seja o amor do filho
144 A última casa

"Todo um passado vem viver, pelo sonho, numa casa nova."
A poética do espaço, Gaston Bachelard

Cumeeira e céu

"Mais do que todo o resto, é ele próprio, seu corpo (...),
sua maior e mais importante transgressão."

A um passo, Elvira Vigna.

"Agora, depois de viver todos esses anos do seu lado e
observar a máquina que é a sua mente produzir
uma arte de pura excentricidade (...),
não tenho mais certeza de quem se sente mais em casa
e mais livre no mundo: eu ou você."

Argonautas, Maggie Nelson.

Nós, a casa

As casas, aqui, nunca foram alvas. Nunca estiveram limpas e reluzentes. As casas, aqui, nunca apresentaram paredes intactas. Nessas casas, silêncio ferido. Nessas casas sempre houve segredo. Nas casas, aqui, as sombras arrastam-se passado adentro, afundam-se nas raízes do que sempre fomos, e nos impede de fugir mesmo de portas abertas, afundam-se nas raízes do que sempre fomos, caímos em recuos, recantos, partidas apenas para rachar-nos. As casas, aqui, não se elevam unânimes e veementes, e sorrisos derrubando os rebocos que gravitam no corpo, como máscaras. As casas, essas casas, somos um amontoado de fingimentos e esperas, os corpos gritando suplícios. Nessas casas, aqui, nenhuma saída. Nessas casas, o que somos, nessas casas, embrenha-se no nascimento de todas as outras e fere nossos modos de porta a fora escapar. Nessas casas, aqui, somos. As nossas casas, somos o que nasce e não escapa, até que soterremos os caminhos que nos levariam além, aqui. As casas nasceram em nós de portas abertas.

Todo esse amor que inventamos para nós

A criança nasceu no sonho, e sabia tão sua que não entendia se menino ou menina. O choro da criança desabava-lhe o mundo, de quando lhe cobria o corpo o nome Antônio. Os gritos da criança engolidos de lágrimas indecifráveis tentavam romper as camadas generosas do sonho onde ela não queria deixar de ser. Era no sonho que ela vivia todo dia mulher, armada de cansada coragem, o vestido brando eriçando a tranquilidade dos nãos que ela nunca mais ousou dizer: tapas, não; xingamentos, não; pontapés, não; as cuspidas ríspidas, não; os olhares ensimesmados de viés, não; a mãe dizendo puta, o pai gemendo filho imundo, e todos os homens que Pensei que tu fosse mulher, sua vagabunda, seu viado fodido. E a criança nasceu nos olhos abertos da mulher que sonhava.

A noite do dia que a criança sonhada nasceu foi o dia em que foi mais mulher, ela disse, na esquina da rua coberta de frio e aspereza, os pés desconfortavelmente empenhados no corpo, quase armados num movimento de avançar para o próximo carro e sua porta de janelas abaixa-levanta-oi-quanto-é-pra-mamar-e-gozar-na-boca. E ela fixava a lembrança inutilizada toda dormida na palavra mamar e a criança sonhada quase acordando e chamando papai e ela dizendo É mamãe. Ela via o homem passar a língua sebenta nos lábios-sarjeta e só sentia a boca inventada da criança pedindo mamar e o peito dela, os seios, costurados rasgados, duzentos e vinte mililitros caprichados, cobro cenzão pra tu chupar, e agora uma criança e essa oralidade toda possível precisando se alimentar. Se for mesmo assim, eu vou fazer o quê? Que eu quero ser mãe e meu nome escrito é Antônio?, mas quando me beijam e enfiam a língua ofendida em qualquer buraco meu e me chama de Sthefany, tudo ipisilon e agá, como uma mulher famosa que tem dois filhos e não geme na cama de homem nenhum porque precisa viver.

Vão dizer que vou matar a criança, se eu disser que a quero como filha. Vão querer saber a história, a triangulação da base à pica entre o pai e a mãe, os meus, vão me ver chorar e borrar a máscara, o rímel escorrer enlaçado ao que desce seco de saliva e raiva, vão me ouvir a voz sacudida, vibrando em ondas do homem que nunca quis em mim, aquele som de caverna esvaziada, inexplorada, e fogueira apagada há milênios; vão perguntar E de onde vem essa ideia enviesada de ser mãe, e imaginar o que existe entre uma perna e outra e os meus seios apontando a direção de um sacrifício qualquer e as marcas de ontem, de anteontem, de todos os anos em que qualquer homem que mastigou meu corpo resolveu deixar na pele e muitas vezes nos ossos: dezesseis pinos no rosto. E eles vão anotar, vão dizer que precisarão visitar a minha casa, vão conhecer a Kelly, a Jennifer, a Louise e a Patrícia, divisoras e dividendos portentas da casa-quarto-cozinha-e-área-de--lazer-e-um-cachorro-vira-lata e vão perguntar são seus parentes? São sim, mas são só amigas. E vão escrever que eu não posso ser mãe, e os olhos pintados e o vestido atarrachado, o salto bem fino alto e a voz enroscada nos pelos que pararam de crescer, e cadê o que dentro faz nascer a criança e está seco porque é assim que todas as mulheres vêm aqui, e eles não nascem, os filhos, e por isso nós.

Vão dizer não, eu não posso ser mãe se eu for sempre Antônio.

Perguntarão pelos caminhos do meu pai, a cor dos olhos e da pele, e vou dizer que é cor de raiva quando embrutece até sangrar, e perguntar se minha mãe não é mais morta, se outras mulheres da família são como eu, são mulheres como eu, com essa forma impossível de existência abismada e hematomas sagrados, pois foram os homens da igreja que juntaram-se em um bando de bênçãos e tentaram converter meu corpo, e eu quase passei para outro corpo diferente, retorcido, mutilado. Isso é que é milagre? Então foi tudo bendito. Eu não aceito, mas vou fugir pra onde?

Vão estremecer os corpos sem decotes, os corpos inseguros diante do meu, vestidos disfarçados quase parecidos ao que elas dizem que nasceram para ser; toneladas de luz do dia soterrando meu corpo arregimentado em camadas de Samanthas e Jéssicas, as donas da esquina, negaram os pais e irmãos que chutavam Sua desgraçada para fora do quarto, para fora da sala, para longe da casa, do bairro, da cidade, país das nascenças às vezes ficou para trás, silicone neon estourando nos lábios ver-me-lhos deslizando para dentro e para fora, o gozo quebrado ao meio de quem inventa homem frágil e mulher livre.

Carrego uma bomba, suculenta, com cheiro de algum tipo de fruta estragada em processo de impossível imundo, cai não cai, cheiro de algum tipo de cadela possuída, uivando para a lua redonda e cínica; uma bomba prestes a explodir e levar para o fim dos tempos primeiros as crianças, depois as mulheres que não nos cercam e, por último, todos os homens. Eles pensam: É tocar naquele corpo travado na esquina (trevo intacto de tanta sorte que ainda não morreu hoje) que Vamos nos transformar, a pele descascar ou rachar fissuras escamas cada pedaço decente e ser pecado, queimar sob a língua do diabo virar fiapos do que era para ser milagre; elas vêm, as esposas, e, vêm para olhar de perto, o rabo dos olhos rebolando para espantar os mosquitos da dúvida, sabe rabo de qualquer bicho afastando mosca para longe do cu sujo?, são elas, e os olhos; eles não, os maridos, misturam saliva no pau da gente, mas Não você é só uma vagabunda, vagabundo, bicha, bicho, só isso, não é mulher no teu corpo, e lambem, depois cospem tudo.

O batom escorrega vermelho pela pele do peito que vive na minha boca. Retoco tantas vezes no longo caminho do dia. Toda lembrança que inflama meus olhos mantém-se lisa acumulada nas mãos cuidadas distantes de vibratos assustados que se defendem à noite, e agarram troncos e contorcem-se pelas intimidades dos pelos tão sujos muitos deles, e seguram os rugidos sebentos dos machos com destreza, e o batom ensina a boca a cantar bom dia e receber todo tipo de palavra retorcida de surpresa e raiva. Pode destilar, mas custa caro. Avanço, matreira, a imponência de uma sombra de um bicho, fêmeo, ligeiro. Entro. É dia ainda. Compro pão, manteiga, observo os rótulos dos enlatados com as unhas afiadas de olhos que sabem o engodo vendido, muito sódio e saturados lipídios, todos, compro os integrais, e os cremes para acalmar a velhice distante das mãos, algodão, vinagre-maçã, frutas também, mamão e intestino preso, cebola picar miudinho, pepino verde grosso e depois congelado sobre os olhos. Saio, volto, todo dia o batom insiste na gentileza de abrir os vazios dos peitos, dois caríssimos, tenho pagado com o pau, e valem. E mais: sair para comprar tudo e ganhar sussurros desquitados de humanidade: bicha, bicho, pensa que é gente só porque usa batom.

    E eles nem viram o tamanho da minha coragem.

Eu escrevia tudo errado, e certo, num caderno antigo que a mãe, a minha, não escrevia, não aprendeu a dizer para o pai que não aguentava mais a voz pacata escondida na cozinha. Eu escrevia uns poeminhas e ela rezava seus desesperos. Eu escrevia pedidos, perdida, ela não sabia a única saída da casa que me cabia, e cabia eu e meus três irmãos, sobre mim, as mãos engolidas na minha boca, torcendo as inflamações do peito. Eu escrevia sem dizer nenhum grito para não assustar a mãe que não sabia dar um pio. A mãe, a minha, morreu depois que o ventre pariu o Antônio que ela nunca quis filha.

Se eu me apaixonar, *não é mulher*. Se eu me apaixonar, *não é mãe*. Se eu me apaixonar, não tem família. Se eu me apaixonar, bicha. Se eu me apaixonar, as manchas trepadas sobre o corpo, dos golpes mortos. Se eu me apaixonar, quantas quedas escorregam dos saltos quando digo Não aperta meu braço, seu merda. Se eu me apaixonar, pecado no corpo dilatado improvável, os golpes vêm e eu ainda não sei pedir socorro.

O frio esparramava-se violento fora de nós. Amontoadas numa família forjada. A minha mãe agora é Sara, João. Saí de casa escorraçada, a rua encolhendo os passos que escorregavam sangrando, abertos em todo tipo de perdição. Sara, João, enaltecida numa das esquinas, um altar de praga brocha e oração forte, aos berros, expulsando violência a noite inteira. Foi ela que disse Tem onde ficar não, filha?, e já foi me dizendo para ficar. Quando eu vi, Sara, João, estirada lambuzada no sangue escapado litro e meio na rua (oito tiros e os olhos engolindo o tamanho inteiro da lua), fiquei cheia de pergunta ferida: Como é que escapa de uma mulher dessas todo esse amor que inventamos para nós na casa? Porque João era nossa mãe, mãe de todas, porque nossas mães (as células broto sangue vibrando reconhecimento e herança) e nossos pais nos chamavam desgraçados de porta afora, de mundo a fora, nunca mais voltar.

Manu chegou toda tectônica nas palavras, depois que aprendeu quase tudo sobre terremotos, geografia, não perde um dia na escola. Ao pedir socorro não sabe onde tem açúcar, e quer; não sabe onde tem sabão, e urgente; tia, ela diz, cadê minha mãe, e chora. Marta fugiu, eu digo, tua mãe precisou ir, filha. Filha? Os braços tontos não demoram mais de dois minutos sem pedir chão firme depois de exaurir os ombros, o coração avança para o choro sem fome e desperta vizinhos. Saio sempre às nove, a madrugada enxugando os cabelos do tempo para eu saber que hoje há risco de novo. Manu e seus oito anos sabem que volto abraçada ao sol, luminosamente embrulhada em tristeza. Tia, mãe, ela engasga, ri tesa, fica parada e engole fundo outra vez o medo. Ela pedia colo nos peitos pesados e agarrava-se desde os quatro anos, quando veio morar aqui. Manu, filha, menina, entalo de surpresa até hoje, fecha a porta, esconde a chave e não deixa ninguém chegar dentro.

E levaram a Manu embora. Na boca da menina as palavras socorro socorro, toda arrebentada. Agarrada aos prantos nos braços de um homem catástrofe, os olhos duas lanças, que não disse o nome, só gritou vou levar para longe porque tu tá em risco. Mas, homem, o abrigo dela é aqui, comigo, a tia, a mãe, Antônio, sou eu.

Ela chama por mim, eles disseram, a voz escondida numa casa que eu não sou mais.

Tu é o quê dela, seu Antônio?

Sou tia da Manu, sou mãe da Manu, sou a família dela.

Eles dizem, sempre disseram, e ainda dizem que a Manu vai ficar bem, seu Antônio. É Sthefany. Tá certo, seu Antônio. É Sthefany. Tá bom, Antônio. É o jeito que eles encontraram de me por no meu lugar; meu lugar no corpo escondido na rua. Explico que a casa é minha e a Manu morava lá, mora lá, comigo, e tem as outras meninas todas, a Kelly, a Jennifer, a Patrícia, é que elas moram coisa rápida não dá nem tempo do café esfriar. Explico que a Manu as chama de tias, só a Louise que ela chama de vó porque essa, coitada, jogou pedra na cruz de tão ancestral. Tento ensinar umas mímicas aos meus gestos, copiar a lembrança dos músculos e movimentos interrompidos do Antônio que fui, impossível.

O senhor é o quê da menina?

Sou mãe da Manu, sou a casa que ela tem.

Era destrancar a roupa da Manu no varal que ela começava a pedir tudo novo. Isso antes de ela ir embora. Isso depois da morte da Marta, depois de repetirmos a rotina da falta todo dia e noite. Saio de casa toda lembrada dos jeitos de crescer da Manu longe de mim, e as meninas ficam chorando fanhas e lapidadas nos gritos de saudade Procura a justiça e taca um processo. Como Sthefany ou como Antônio?

O senhor é o quê da menina?

Tu não me chama de Sthefany por quê?

É o tio dela?

Não conto mais quantos cigarros cozinhei entre os dedos e quando os homens vêm mastigar de propósito a insatisfação marital cobro mais caro, dou meu sangue. Pra quê, eles gemem; minha filha, moço, minha sobrinha, oito anos, preciso levá-la para casa de vez, parece uma vida e logo vai ser uma vida. Eles sacodem os corpos suados uma, duas, três, quatro, vinte vezes, mil reais. Junto tudo na dobra da saia, que na bolsa é batom, cartão da loteria, o celular e uma fotografia da Manu.

Em casa, eu abria a fechadura de todos os cheiros da Manu agarrada a uma roupinha que empacotou seus anos até o quinto, antes do sumiço da Marta, bem antes da Manu morar fora de mim.

E agora nunca mais a Manu.

A tia de Lalinha

A criança lia apressada e distraída, gotas de seriguela mordiscada despejadas pelas folhas já todas maduras do caderno, manchavam o nome da tia.

– Vumbora, ô, garota, tu ainda não terminou, não?

A menina resmungava alegria, boricotava o lápis-borracha no caderno, lambia os dedos da outra mão sumarenta de doçura laranjada só na cor. Quem te deu seriguela? Foi a vó, subiu no pé, catou um monte dessa ruma – e abria os braços, a menina, até estalar as juntas dos seis anos de braços. Afastaram-se da casa.

– A gente precisa ir, Lalinha!

Tá bom! Apressou a infância, fechou as folhas meladas em si e caminhou para a mão estendida da tia.

No caminho, o corpinho arranjado no uniforme passadinho dobradinho trançadinho num guarda-roupa cheirando a doze prestações e juros. Seguia a mão da tia, muitas veias caminhando nas mãos, os braços temperados de sol e o suor na voz explicando e desdizendo tudo que a criança havia dito que não sabia.

– Venha não que tu sabe, sim, respondeu tudo certinho ontem.

– Eu dormi e esqueci tudo, tia!

– Deixa de conversa besta, ô garota!

O caminho era mesmo o destoar do centro da cidade de sempre. Uma padaria, uma farmácia, o comércio de pingacervejachurrasquinho, uma loja de móveis novos, uma loja de móveis velhos, uma loja de móveis seminovos, a parada de ônibus, um sobe-e-desce, mais-um-sobe-e--desce, os homens e os golpes no olhar encerrando uma faca no pescoço da tia e reclamando Tá pensando que é mulher, vai fazer o quê com essa menina, vem catitinha com o titio, gostosinha assim tem que aprender cedo, e a bíblia estampada num cartaz imenso e muitas datas para milagres acontecerem. Os pés da criança e da tia de mãos dadas, apressados não dava para ser, e outra farmácia, uma padaria, um bar e os gritos roucos e bêbados, outra loja de móveis em oferta, mais sobre-e-desce, e uma igreja, outra igreja, outra igreja. Haja salvação, a tia diz apertando o calor das mãos da criança, e continuam, longe da casa.

– Tia, se eu chegar atrasada, eita!

– Vai chegar atrasada não, Lalinha.

– Tia..

– Diz, ô garota!

– Aqueles homens ontem te chamaram de quê?

– De nada. Tá ouvindo muita coisa que não presta, Lalinha.

À tarde, um girassol de pernas abertas e brechas soltinhas, cabelos curtos esvoaçantes, na cabeça da criança. Lalinha ria se pensava na imagem, e ria mais ainda ao ouvir a tia rir contando para a velha da casa de quando trabalhava na Esquina, e fica doida de raiva, espumando no corpo todo, quando a tia conta que tenho vontade de esganar o escroto do meu chefe, que só me chama de Antônio.

Mas teu nome é Cristina, tia.

E num é, Lalinha?!

Lalinha sentindo o toque vibrato da tia, a voz macia da mulher que não renunciava cuidados, servia o leite na xícara sem estruir uma calda de nata e espuma, servia café na proporção da cor entre chocolate e terra madura, penteava interessada os volumes dos cachos da criança cansada de piolho e às vezes chiclete. Lalinha sentindo, ininterrupta, os deslocamentos do corpo da tia, do zero ao mil, como ela dizia, de ninguém para além, como ela chorava, tudo no toque, na camada de cuidado da pele da tia que encontrava a pele da criança para dizer Não deixa ninguém chegar aqui, aqui, aqui, aqui, o dedo quase longe apontando as frutas na menina que em si já foram feridas e passado que quase apodrece, que em si eram agora tensão roxa e carne morta.

A mochila da Lalinha com zíper travado na metade do percurso, dentro lápis de cor de desenhos pela metade (Não tem tua mãe aí nessa casa, não, menina?, e Lalinha mostrava a tia e a avó, e essa avó não tem nome não, menina? Tem, sim, o nome dela, só pra você saber, é avó!), pesada um pouco, e a tia segurava o castanho lavado da mochila nas costas. Tu fez a lição, né, Lalinha? A menina sacolejava a cabeça olhando para o céu olhando para os pés e só ria depois que a tia terminava de dizer Desse jeito tu vai quebrar teu pescoço. Abria os dentes, desabrochava a garganta para pensar a ponta da língua empurrando um dentinho mole, cai-não-cai.

Depois um ônibus, faltou pouco para passar acelerado, as pulseiras da tia tintilicando quebradas, quando a mochila da Lalinha escorrega e rompe a importância frágil dos badulaques. Elas sobem, antes de atravessar a catraca, os homens olham aproximados para dentro do corpo da tia, Lalinha agarra a raiva bisbilhotada, afivela uma cordinha avermelhada, bruta e legítima, que segura a calça jeans e encara um dos homens, e da voz mais alta e montanha, soletra É minha tia, seu bosta.

Ô, garota, tá doida, cala a boca, segura o riso e um pouco mais a raiva na mão, a tia, que segura a mão da criança,

Lalinha. Sentam fantásticas sabendo que nenhum atraso é capaz de detê-las depois daquilo. Lalinha entrelaçada à tia e o calor, o suor, as roupas folgadas na fome que deixou sentir depois que a tia foi morar com a mulher mais velha, a avó.

O ônibus solavancava a parada, despejando a mulher e a menina. Uma voz ensaiou a assinatura de um berro dentro dos ódios todos dentro do ônibus: e pensa que é mulher um diabo desses.

A menina desce-e-sobe o caminho pensando na fome que não a mordeu mais. A tia sente que os caminhos estão um pouco mais abertos, além da esquina. Tenho medo, ressoa a fala como um chute; ela lembra dos chutes.

A tia continuava fugindo da Esquina, dos Homens que Rezam, dos Carros Armados de Atropelos. Segurou mais forte a alça da mochila de Lalinha, a mão no corpo de Lalinha, as rezinhas da menina toda noite depois da novela e do arroto quebrado de boa noite.

– Chegamos, Lalinha!

– Ufa, tia, pensei que...

– Pensou errado. Já disse que a gente vai continuar chegando na hora certinha!

Entregou o pouco peso à menina, que saiu pressa disparada para dentro da escola, tchau, querida, não precisa me esperar não, volta mais tarde, e a fala misturando-se aos risinhos enfeitados das outras crianças: A tua tia é engraçada, e a Lalinha calabocamané.

A tia respira, alívio, coragem, depois de todos os homens que passam para além dos olhares da esquina, como se seus caminhos não pudessem mais ser fechados.

A tia espera. Todo dia. Espera a aula acabar, a Lalinha rir e a casa chegar até elas.

Comecei a morrer na boca de Helena

Meu peito começou aos pedaços na boca de Helena. Helena levanta as agulhas todas limpas e fervidas naquele olhar agudo de quem traça pontilhado de começo, meio e fim. Começou nos olhos de Helena, a primeira voz que terminei esse meu nome, a última vez que eu disse pela primeira vez. Helena ri, abraça com os ombros vibrando, é possível sentir os ossos gritando repulsa e acolhida confusa. A enfermeira adestra a primeira agulha, procura a veia e administra, como ela diz, a porção da substância que não me deixa escapar da sua presença. Volto todas as noites, durante o dia é mais difícil. Como se passado fosse questão de tempo. O tempo é questão de ferida. Ela acha que arranquei os seios porque quero voltar ao que nunca fui, pedaço de mim costurado enforcado esperneando na criança inútil varrendo o futuro para baixo da cama, e meus irmãos em cima de mim, meu pai em cima de mim, meus tios e as mãos grudando meus olhos na alma para eu não enxergar a saída. Ela acha que quero ter o passado ferido incorporado à alma que se esvai agora todo dia.

Começou na boca de Helena e os dentes do jeito que ela ri, o canto dos lábios rindo abençoada e ofendida; mas começou também há muitas marcas ultrajantes, e termina no olhar do médico batendo no ombro dos outros médicos e borbulhando o deboche Que cabelinho é esse, Fulaninho, virou baitolinha agora, e explode as mãos numa palma que arremessa o fiapo de desculpa para fora da sala. Tudo isso termina no rastejar do olhar de Helena em cima de mim. Tô aqui pra te ajudar, querido. Ao lado a colega seca coletando sangue das nossas vozes estúpidas. Ela conta para as colegas que a filha agora é sapatão, e a família nunca teve disso. Olha para nós, eu com os seios martirizados de ausência, e arrancados porque quis (foi escolha tua, ela diz, devia ser muito ruim ser como tu foi). E diz, Linda, eu te respeito muito, é que quando é na família da gente o bicho pega, dá cá um abraço pra eu te deixar um tanto mais viva.

Ela escorrega na voz acelerada estanque acelerada estanque ao me chamar pela nascença, degusta o arranhado do nome que meus pais me vestiram. Ela me abraça, e o que ela tem de macio e brasa no peito roça nas marcas costuradas, um mapa ferido, do meu corpo, onde quase desisto de morar. Ao escapar das fronteiras da fuga, migro para perto dos meus abismos, ouço o farfalhar de miúdos mastigares de papéis coloridos. E Helena mastigando uma curiosidade de mãe incompreendida, absoluta, extenuada, arrependimento da filha que foi um dia.

Falo pouco, choro horrores. Eu vou te ajudar, querida, puxa pelo braço as outras enfermeiras, o café ardendo a renitente preocupação de não deixar fugir palavras que afetassem minha recuperação. Eu não voltaria a ser o que nunca fui, repetiam entremeando nas malhas de suas confissões privadas à confusão da minha escolha; escolha, foi tu que escolheu ser assim, primeiro nasceu um, depois nasceu de novo, pagou caro, remendou o corpo numa fantasia toda glamour produto fino e agora: todos os arranhões na superfície das minhas alegrias irrelevantes ao sair na rua.

Desde os cincos anos, Ah! Muito viadinho, muito viadinho, a mãe na cozinha, lavava, esfregava, fritava, cozinhava, gritava com a mão suada na boca, depois cresci e muito viadinho, bichinha, muito esquisitinho, e as vizinhas trancadas nos gritos que cozinhavam e costuravam como ninguém. Cresci, os ossos e os calos dos movimentos de correr e lutar, Ah! Muito viado escroto imundo, primeiro olhos tortos encaretados depois cuspidas palavras, então chegaram as mãos e pés, e pedaços de restos de construções decadentes, sarjetas, barras de ferrugem, freadas bruscas quando atravesso semáforo, nos ônibus a roleta é uma prova numa olimpíada, troféu nenhum; no metrô, quase caio aos empurrões, os vãos entre o trem e a plataforma, as mensagem de cuidado não servem para mim.

E agora a Helena *Vou te ajudar, eu te respeito, mas quando é na família da gente o bicho pega. Ainda bem que tu voltou a ser o que era.* Eu calada, rebaixada, engolida. Meus peitos mastigados cortantes pela boca que diz Vou te ajudar, querida.

Comecei a morrer na sua boca.

Amacia o correr dos dedos na minha pele. O tempo áspero tremendo um som agudo, um tipo de ensaio: como se a noite começasse nos olhos de Helena a dançar e compor um ritmo urgente na respiração, um interlúdio antes da catástrofe Vou te ajudar, querida, ninguém te ajuda, né? Te respeito muito, mas quando é na família da gente o bicho pega. As outras enfermeiras, freiras de uma liturgia constrangida misturavam seus agradecimentos a um deus que protege dos perigos da decrepitude, diziam Deve ser difícil, Helena, ter filha assim desse jeito... é sapatão que chama? É sapatão. Não riam porque eu estava ali, desgastada, os peitos arrancados fora, o pau arrancado fora, como é que chama? Morta?

Ouvi Helena lutar com a esperança maculada de que a filha estivesse do lado de dentro da sua espera. Dissemos tchau até amanhã, enquanto o médico digitava no celular um tectectec insuspeito, rindo, o rosto iluminado e os olhos apagados para mim.

Caminhei na lentidão obediente do corpo desistido. A nascença do meu nome arrancada pela boca de Helena, e, agora, na rua que se alonga para além dos meus propósitos, encontro mais lábios como os de Helena, mais uniformes respingados de higiene, olhos rápidos, e lembro: todos os anos em que as esquinas ocuparam a casa dos meus medos, as portas dependas de saídas, os homens resmungando qual o teu nome minha mulher não tem peitos assim afasta de mim esse pau, cara, resmungavam, tua barba não cresce, filha da puta, e mordiam. Todas as esquinas que invadiram esse corpo, agora lento, nem que eu tentasse apressar a minha identidade e transmutar alguma coragem navalha afiada, não consigo. Custo horas a fio, puídas no relógio de pulsar, nos braços caindo de tantos furos no hospital, pelas mãos de Helena. Um arrepio entranhado em saudade incitava pé a pé, até chegar à casa das outras, as meninas, todas com seus peitos unidos à alma.

Chegou a maravilhosa! Vem cá, vou te ajudar, dizia a mais cansada, que não parecia com Helena. Nenhuma delas é Helena. Nenhuma delas tem uma filha desagrado da mãe pela boca que beija uma parecença, nenhuma delas carrega uma aliança amansada nos dedos e os quilos de sacolas vacilando o peso do supermercado em peso, as contas pagas em dia, o carro encerado, nenhuma delas nasceu para ser mulher e receber galhofas cantadas e penetrações benevolentes de certa forma quando não violentas, nenhuma delas nasceu para casar e carregar a engrenagem de um milagre antigo e sacrificado, nenhuma delas estudou como Helena para ser o que é mulher de mãos higiênicas e olhar cirurgicamente ansiosa e cravar furo perfeito na pele de homens como eu, mulheres como eu, homens como eu, mulheres como eu, para cuidar destra e perfeita, nenhuma delas ouve a Helena dizer Vou te ajudar, querida, te aceito, é que quando é na família da gente o bicho pega. Nenhuma delas vive agora como eu. Elas estão intactas. E eu comecei a morrer na boca de Helena.

Os primeiros olhos

A casa espiava-me pelos teus olhos. Eles brotaram, como flores miúdas de raízes no ar, lentos e vagarosos, efeito de uma natureza desconhecida e misteriosa na casa, a nossa. Na manhã dos primeiros olhos, dois breves e intensos plantados na porta de entrada/saída, o susto impulsionou meu desespero. Você não estava em casa. Das muitas saídas (a trabalho, reuniões urgentes que movimentavam o mercado da sua vaidade), essa, a dos primeiros olhos, foi a mais demorada. Os olhos possuíam pálpebras inflamadas e um vácuo absurdo no seu modo de me fixar concentrado, franziam-se finos como se debochassem, rissem, alegavam alguma verdade. Dei passos para trás, tentei ligar para você, mandei mensagens de textos. Você fora de todas as áreas de cobertura e quando ativo, os modos de dizer saudades de ti não aparentavam em nada o homem que descobri ser de tantos outros.

O celular, o seu, gemia uma sedução ofuscante, não parava um minuto de chamar por você sem que seus dedos e olhares não se alimentassem de todos os passados: primeiro veio o João, depois chegaram todos os outros perfis, de quem você jamais censurou a busca e o querer. Só dizia, religiosamente executivo e ácido, que eu precisaria cuidar das minhas inseguranças.

Depois do primeiro par de olhos, vieram os seguintes, brotoejas limpas de enxergar a casa, olhos nas pernas das cadeiras, nos assentos e nas mesas, no teto, nas paredes assemelhando-se a feridas, dentro de alguns de nossos livros, na geladeira; os cílios secos e torneados, alguns longos, como asas de mariposas selvagens, outros tão sérios e desesperados. Procuravam pela sua presença, mais que a minha. E eu dizia Olha para todos esses absurdos. E você respondia Você está muito pirado, parece mulher histérica. E entrava num modo abrigo antiáreo, protegendo a intimidade em ti que alimentava o caos no lar que construímos. Assumia tantas lonjuras, e era possível te ver desviar o sorriso dos olhos que concentravam em ti os mistérios próprios que os faziam fluir donos e íntimos da casa.

Logo vieram as orelhas, farfalhando suas cartilagens flexíveis; borboleteavam pela casa, pousando em restos de tudo que deixávamos pelo apartamento; as roupas mastigadas de sujo e anteontens, as comidas sobradas de nossas partilhas famintas, os gozos regalados manchando a cama, e as orelhas esvoaçando sua escuta sobre nós. Eu dizia, calmo e assustado, elas nos ouvem, e você expunha suas qualidade de homem coberto de decência nas vitrines que o celular oferecia. Você talvez soubesse que eu via, que flagrei inúmeras mensagens, e alguns encontros com o João (que o João procurou-me tenso de estômago ao avesso engolindo a própria dignidade para dizer de tudo que vocês ainda eram, e a esposa dele chegou e disse Outra bicha, João?).

Elas nos ouviam, as orelhas, aquelas. Navegavam os ares de paixão derrotada exalando em nossa casa-apartamento, combinavam com os olhos fumegantes rostos incompletos, e perfeitamente familiares. Foi assim, quando se alinha-ram íntimas, aquelas vidinhas surreais, que começaram a nascer os paus e os cus. Você não estava em casa. Eu via você on-line, depois de todas as noites que te vi acordar para sussurrar desejos que nunca acreditei para todos os homens que eu jamais seria. Quando surgiu o primeiro pau. Na mesa de jantar, arvorando-se de um artigo de decoração mexicano, uma fruteira. Um pau maior que o teu e o meu, espesso, veias lembrando uma mangueira velha e pelos grisalhos. Na hora, de imediato, depois do susto excitado, procurei todos os olhos que pareciam rir. Os voos das orelhas aquietavam-se, cada uma sobre seus pares de olhos. E eu pude jurar que um daqueles era o João: a carcomida alegria dos seus setenta anos, sua insatisfação casada há quarenta com uma mulher de plástico implantada toda beleza que sentia agora só saudades do homem que seu marido foi antes de todas as bichas como você.

Os paus seguiram um fluxo preocupante de surgir e turgescer, pipocando pelos espaços do apartamento, nossa casa, levando ao chão os livros da estante, agredindo as frutas na geladeira, cutucando as maçanetas nas portas, alguns cresciam gozados, jorravam mililitros de gozo espesso sobre a cômoda das peças íntimas e sobre o fogão; um deles gozou volumoso sobre teus sapatos, os Vitton.

Perguntei muitas vezes De onde veio isso, e isso, e isso, e aquilo, apontando para os paus e você dizia, apontando para os objetos e coisas e frutas perfuradas, quebrados e gozados pelos membros alucinados: foram presentes de amigos. Eu repetia E esse bando de pau? Nesse momento, seu discurso inflamava-se a respeito da tua dignidade profunda, do terror que era viver com um homem decepcionante e de insegurança abissal e sem alterar as cordas da voz da sua dissimulação: Você é completamente maluco, parece até mulher sem controle.

Foi então que os cus começaram a desabrochar pela casa. Começaram como carocinhos inúteis e afloravam mal cheirosos e encarnados, contornados em seus alinhavados de pregas e inchaços. Foram tantos que se abriram que o que tínhamos comprado e erguido, como a cama, começou a ser engolido pelos cus brotantes. Você continuava a demorar nas chegadas. O celular, um pedaço em ti que dava forças ao teu caráter, um longo processo de sou/não sou, mostra-esconde, que desconhecia antes do nosso primeiro beijo, quando você me chamou para morar em ti, contigo, inventamos uma casa em nós, e esqueceu-se de me contar que aos trinta tinhas sido amado por homens passados de cinquenta, sessenta, setenta, ocupantes de um secreto lugar de pai, de quem você buscava aprovação e em cujos porões não sabia habitar, pois eles dividiam as casas luxuosas com esposas e filhos. Para ti, restava os rejeitos e cantos escuros.

Um dia, você não retornou. Avisou, por telefone, que havia passado na casa para desocupá-la do que era teu, que eu precisava me arranjar com as contas. E sumiu. Imaginei: e aquele amontoado de paus, cus, olhos e as escutas que possuíram o apartamento que era nosso? Perguntei. Eu quis uma explicação.

Voltei sem pressa para casa. Um desnorteio cansado, o corpo sem referência de sanidade, qualquer carro e ônibus quase levou meu corpo para além de mim, outra vida.

A casa era apartamento. Havíamos nos mudado há um ano. O espaço inventado para nós era um abraço que nos ajudava a superar nossas mães catastróficas e nossos pais ausentes. Eu nunca havia notado a feroz dissimulação dos teus segredos, uma agressividade camuflada, à espreita, que só se libertou quando teve o que em ti era sagrado e sacrilégio revelados: tua perversidade abrupta de ser eterno amante de homens impossíveis. Eu nunca havia notado tua violência passiva até abrir a porta do que fomos quando casa e enxergar os vazios escancarados restantes no apartamento: nada, tudo espaço, e eu, tua ausência esparramada em tudo.

Você foi embora e levou o que fomos como lar. Os cus e os paus sumiram, e tudo que nos enxergava e ouvia também. Tuas mentiras sumiram, as feridas esbravejadas com calma e cordialidade ficaram no meu corpo, tento fechar as gavetas nos ossos, e elas se recusam.

O João bateu aqui ontem, esbaforido: Eu preciso te dizer que eu e ele fomos bons amantes. Ele disse. O João tinha uma cara de cu que dava medo. Você precisava ter visto.

Casa de boneca

Olhava para o fogo com a certeza de que a carne não seria abocanhada, de que as feridas não seriam engolidas ou cauterizadas, as cinzas não teriam uma segunda chance. Apertava na mão a chave, a força fechava o sangue num movimento redundante, um tremor alicerçante sentido no toque. A chave comprimia-se contra os ossos na palma. Na mão direita, a chave, na esquerda, o punho da filha, que pendia a mão escapada da segurança materna. A mão da criança segurava um corpo de plástico, os cabelos pretos molhados ensebados brilhantes, sem pernas, só braços; sedosos os cabelos nunca foram. A boneca tinha os olhos descascados, sugerindo uma doença incurável e também um olhar profundo para tudo que vivia dentro: dois batons, fios de cabelo da mãe e uma chave, outra chave, que abria o que a menina era capaz de querer. A mãe segurava a filha, a menina, que empunhava a boneca, uma amiga, e duas chaves. Qual delas abria a casa consumida, a cada segundo adiante, no arder do fogaréu aceso à frente? Os olhos da boneca não viam a menina rir, e pareciam piscar os incômodos das cinzas desprendidas das ruínas.

Não esperávamos pelo fogo, assim tão rápido, riscado ao acaso, depois quando tudo se tornou inflamável pela casa desorganizada, depois do caos e da fúria do homem, às vezes pai, às vezes marido, e sempre homem. Olhava para a menina, sentada sobre as pernas, o vestido armado como abajur, e dava para ver o coração da filha aceso. A mãe contava isso para ninguém, ensaiava as palavras e pretendia expor a dor assolada batida nas mãos marcadas com fogo e bolhas transparentes. Contar para os homens da polícia, para o juiz, para a família, e para a igreja. Em qual deles peço benção e digo amém?

Os vasos fizeram sons de quedas bruscas, fazendo-a lembrar-se dos corpos das suas avó e bisavó ao caírem no chão dos seus anos de vida, uma na casa da outra, durante uma visita, ao contarem as filhas e entenderem Duas casadas, duas divorciadas e oito netos e doze bisnetas. Uma morreu a morte na casa da outra. O som dos corpos caindo no chão, de decepção e de doença já velha, não tinham tempo perdido para irem a médico e benzedeiras. Os vasos quebrados e as flores envelhecidas, aos cacos.

O marido, o seu, o pai da menina, catou os vasos e as flores imersas com a força de sua destreza imponderável e os arremessou no chão, quase ao mesmo tempo. A mulher lembrou que foram presentes de casamento, dez anos depois do despreparo sutil e do desespero claudicante no altar. Ele chutou os cacos dos vasos, e as flores, e águas deslizaram pelo piso de madeira e pedaços esvoaçaram pela sala, pela parede e cravaram-se como olhos de vidro nas madeiras, encontraram a vidraça da porta que abre a boca da cozinha para o quintal e feriram a limpeza recente da casa. Ele chutou as cadeiras, entortando os modos possíveis de sentar à mesa para o almoço e o café da manhã, e talvez o jantar, horas na casa em que ele há muito não frequentava. A fúria do homem o levou, constante e vermelho nos olhos, ao quarto da criança brincando embaixo da cama. O pai jogou-se no chão, um corpo caindo, uma cachoeira de suor e berro de riacho dentro de uma tempestade e viu a criança apertando com braços finos e peito aberto quatro bonecas defeituosas, olhos esquisitos, trancados na cabeça e seus cabelos plásticos. Ele enfiou a mão pelas aberturas da cama e puxou a criança pelo pé esquerdo, esperneando o corpo, e a criança calada, sussurrando apenas para as bonecas Desculpa, agora ele sabe.

O homem levantou, os olhos destrancaram os medos da criança, que emprestou um desses medos para as bonecas: ele pode fazer o que quiser com a gente que não acontece nada. Filho meu não brinca com boneca aqui na minha casa, ele gritou, alto, que o teto do quarto ressoou lacrimejar queda de barranco. O que ele disse?, uma das bonecas deve ter respirado isso. Filho meu não vai crescer vestido assim e abriu o vestido da criança com a mão grossa, sentindo o corpo pequeno pedir socorro no mijo cascateando pelas pernas e afogando as bonecas amontoadas disformes no chão. O homem levantou o peso do corpo e fez um caldo no chão com o corpo das bonecas, o lixo de bonecas, o mijo da criança. Filho meu não vai crescer assim mijando de medo, não.

Deixou o medo da criança no quarto sujo, talvez chorasse, a filha, o corpo tremia quente. Possível que tudo na criança secasse assim que escapasse da infância apavorada que ela deixava se esconder, ali, no canto. Lembrou, a criança, da última boneca, além do monte de lixo-perna--esmagada-cabelos-retorcidos-num-acidente-incomum, a velocidade imprudente do corpo do pai deixou quatro corpos plásticos mortos, tortos sobre a desordem de uma fatalidade de vítimas nunca vivas. A criança rastejou sobre o mijo, ágil e o cheiro de si denso, ela sempre tão limpa, subiu na cama, o colchão e a colcha ainda marcadas pelo despertar do seu derradeiro sonho, esticou os pés e a ponta dos dedos, os braços crescidos de seus oito anos crescendo e alcançou, destra e derrotada a última boneca: os cabelos curtos escuros, escovados pelas mãos da mãe. Sobre o guarda-roupa, um vão mal formado e inventado pela criatividade protetora da mãe: aqui, filha, teu pai nunca vai encontrar nenhuma delas. É a casa delas? Vamos dizer, entre nós, que é o porão! Mas porão é onde tranca coisa velha! Não, vamos dizer, entre nós duas, que por enquanto porão é onde se guardam os segredos bonitos. As bonecas são um segredo bonito, como eu, disse a menina. E a mãe só soube deixar a palavra da filha chegar até a altura da casa.

O homem chegava a casa anunciando a preguiça esfomeada, abrindo pigarros estrondosos no portão, que se abria para o jardim (uma mangueira meio morta e uma roseira desistida). O homem que ele era, ali, demorava cinco minutos até a porta, depois até a sala. Não foi sempre assim, pensava a mulher, a esposa. Ele sempre quis ser pai de um menino, e realizar-se no filho com o homem do pai, as vitórias da família todas no nome. O homem, o marido, lavava a casa e dividia a força com a mulher. Dizia doçuras certeiras, leves, acompanhando a natureza do desabrochar de todas as flores que ele plantava fora de casa. O tempo beneficiou a casa sonhada pelo homem, na cabeça aprendida nos conselhos do pai e todos os homens antes dele. O tempo sozinho, envelhecendo a sanidade do homem, no entanto, não foi capaz de suportar o filho nascido que brincava e falava como a filha nunca desejada por ele, e o corpo estranho na esperança do homem, do pai. Até chegarem as bonecas.

As bonecas entraram na casa escondidas. Caminharam em direção ao quarto da criança nos passos da mãe, embrulhadas com capricho. E a criança gritava tão alto que as bonecas acordavam da vida que não tinham e quase eram felizes no sonho da criança.

O homem, o marido, dizia não. A mulher, a mãe, dizia Por que não? O homem repetia calo no desgosto ao dizer nunca, tantos dias e meses. Até dizer com as mãos na boca da mulher recusando-se à quietude. O homem fazia a mulher morder as perguntas que escondiam a filha num lugar inacessível à raiva do homem, o marido, não por tanto tempo. Oito anos e muitas bonecas retorcidas no fogo, uma fogueira invadindo o sonho da criança a olho nu, e o homem gritando não e não e não, o cigarro baforejando palavras que despencavam pesadas da fumaça.

O caminho feito pelo homem do portão à sala, na casa, em todos aqueles anos conhecidos da mulher, mãe da menina, fazia-se visto facilmente: a grama seca estalando, a terra colava-se aos sapatos pretos, se havia sol, e o calor entrava na casa pelo homem. Se chovia, um rio de lama amuava-se no caminho que o homem deixava entrar. A mulher reclamava seus tons de limpeza, nervosa todas as vezes, sempre sobrava uma brincadeira da filha escapando a ponta da saia, embaixo do armário, da mesa ocupada com a televisão, um pé calçando um arremedo de sapato simples e plástico dizendo oi! de dentro da mochila da menina. No entanto, as bonecas, escondidas, sabiam fazer silêncio, como a filha.

Começou há muito tempo. Começava todos os dias, o lar ferindo-se inteiro pela resistência ofendida do homem. Não podia ser de outro modo, questionava quase caindo numa afirmativa, e não queria ser desses homens que perguntam ao invés de assumir certezas. O cigarro aceso, todos os dias, um fantasma, a casa tomada pela doença que nunca chegava e acabava com tudo. Ele liberava a fumaça trancada minuto e meio no peito, cheirando a veias chamuscadas pela raiva sentida ao ver a criança brincar embaixo da cama com outra boneca. Se eu matei todas, como? Chegou à sala, depois de trazer caminho sujo fora da casa consigo e rastro de lama e grama morta, ouviu a criança ecoar risos e conversas desleixadas, e encontrou-a com a última boneca.

De novo segurou a menina pelo pé esquerdo, o corpo pêndulo, os olhos da menina sem entenderem a presença colérica do pai, primeiro as pernas, a braguilha, o cinto, a barriga empurrando o último botão da camisa, um arbusto vazando do corpo, só viu a boca do pai tremular quando a jogou na parede e depois a catou pedaços de oito anos pelos braços e disse Filho meu não brinca de boneca e beijou-lhe a boca, engoliu a criança sumindo num gesto sem nome. Não era amor, não era puramente desespero, vontade tornar-lhe o avesso do real que ele não desejava.

E a mulher entrou e viu. O marido cuspindo na filha, porque gritava uma fala repetida, palavras todas costuradas numa ferida apodrecida, e sangue lavando o rosto da filha olhando a última boneca amassar-se sem vida na mão do homem, o pai.

O voo da mãe sobre a distância impossível foi rápido. Viu a filha de perto, o braço retorcido, os olhos descascados, o cabelo comprido preto emaranhado no sangue e raiva do homem, gêmea das bonecas mortas. Empurrou a montanha vulcânica do marido, ele a chutou e tropeçou na boneca, que parecia ter-lhe segurado a estabilidade e sem boca possível disse Corram! A mãe encostou a filha nos ombros, abriu-se ninho e fuga, deslizou pela lama em rio que tomava a casa (a porta aberta e só agora ela percebeu a chuva adensando as cinco horas do dia já escuro).

O homem veio firme atrás da mulher. A culpa é tua por ele ser assim. Arremessou as mãos e dois cortes nas costas da esposa. Os vasos em lascas dançavam evitando os corpos caídos, da mulher e do homem. A criança viu os fios coloridos que corriam do intestino da parede para a cabeça da televisão estalando brilhos de artifício. A mulher avisava todos os dias Ou chama um eletricista ou... Ou o quê, gritava o marido, e dava um jeito de homem deus na morada sagrada, rejuntando todos os móveis capengas, improvisos nos aparelhos parados que não funcionavam durante a ação e o preparo de nada, e subia no teto e inventava proteção de plástico para as telhas rachadas ao meio depois de tantos anos. A casa inteira remendada aos pedaços. Até a água da chuva encontrar os curativos dos fios mastigados e explosões acenderem faíscas enquanto o homem calava a boca da mulher com o peso do corpo.

Antes de cair de tanta luta ao lado da esposa, mais cansado que arrependido, ele a culpou por tudo e viu, deitado sobre a lama no piso da sala, a mulher levantar um movimento, o mesmo movimento que segurou a mão da criança e a levou para fora da casa, o mesmo movimento que fechou a porta num estrondo, o mesmo único movimento em que o fogo estourou em chamas bruscas, elétrico primeiro, mas já combustível e voraz, muitas bocas labaredas mastigando a televisão tão cara, as cortinas amareladas de manchas de seus dedos depois de jantar sempre sozinho. Ele sentiu o fogo avançar sobre a lama, estalar as madeiras da casa, engolindo-o lentamente, e perguntava-se: Ela não viu o fogo?

Os olhos, depois da filha, foram o único pedaço em si que ele não sentiu doer.

O dia em que engoli o primeiro homem

Não me lembro bem de quando engoli o primeiro homem. Talvez fôssemos adolescentes. Eu vivia pelos cantos, mesmo fora de casa. Refiro-me às idas à escola, passeios, visitas à casa de tias e das poucas amigas. A juventude dos outros fazia atrocidades com a minha presença. Considerava atrocidade a roda de meninos mais velhos armados de camisetas encharcadas de suor e urina dobradas no punho, armas pesadas, no recreio, ou na saída da escola após o término das aulas, e acertavam cheias as costas, as minhas. Eram cruéis as vozes que não me deixavam passar ileso, contando tudo sobre mim que eu nem sabia, ainda aos doze anos. Algumas colegas beijavam-me a boca e mãos, ternas, e inventavam paixões rápidas, tentavam um esconderijo para mim no medo também sentido por elas. Os meninos mais velhos, como seus pais, seus tios, seus avós, seus amigos, sabiam o que eu me tornara. Por isso os cuspes, os berros, os dedos chafurdando meu corpo esticado, meus gestos contornando saídas.

Eu abria a porta do corpo com o quarto ainda fechado, escuro, rezava três vezes para as santas que a morte dos meus avós deixou plantadas nos meus modos de pedir desculpa-por-favor-obrigado. Eu fechava a porta do corpo ao avistar os meninos mais velhos fumegando sorrisos agitados, acompanhados de suores e terra grossa, dedos calejados de seus pais, e dos homens antes deles. Eles não aceitavam a porta trancada do meu choro, aos doze, aos quinze, aos dezoito anos. A cidade pequena demais para um coração escapando de crescer, como o meu, fugir e deixar a casa vazia.

Talvez eu tivesse treze anos quando engoli o primeiro homem. Não sei bem. Já foi mais fácil contar os anos, antes de fugir. No começo, eu não beijava outros homens, não com a língua alvoroçada de vontade partindo para dentro, lambendo alicerce e memória. *Me conta mais sobre nós ainda hoje.* Eles invadiam de outro jeito, quando eu era outra coisa diferente: *meninas para lá e meninos para cá, e você aqui comigo, sua bicha,* eles diziam. Ou diziam *Eu não vou ficar no mesmo quarto que ele, nem na mesma sala.* Havia algum tipo de receio expectante, alérgico, que depois se transformou em uma raiva repleta de ossos e densidade.

Comecei sentindo o cheiro dessa raiva quando eles se aproximavam. A primeira vez meu corpo vibrou desabotoando movimentos numa liberdade quase vaidosa, desejante, querendo céu, casa; uma casa muito diferente de escombros. O homem tinha pelos eficazes para sua adultice, engrossava sua voz e sujava sua boca, que berrava porcarias para as irmãs, minhas amigas. Cresciam todas as nossas idades, como vizinhos, e ele visitava meu crescimento. Eu via seus pelos dobrarem-se diante da raiva. Ele sabia o que dizer; disse tudo o que quis sobre mim para a cidade, bem pequena mas com a crueldade de um Primeiro Mundo capaz de sangue e corpos indigentes. Talvez ele tenha sido o primeiro. Lembro-me de vê-lo expulsar as irmãs, entrando, trancando o sorriso, arrancando os dentes da porta, segurando minha cabeça e fazendo-a engolir em um golpe único a sua ira. Eu sentia o cheiro.

Meus olhos abriram-se surdos, ardidos, minha boca estremeceu perplexa, e a liberdade involuntária desprendeu-se de mim e sorveu o homem inteiro, todinho, que gritava no fundo, lá no fundo, um eco distante, fino, *sua bicha escrota me tira daqui eu vou te matar.* Eu estava me sentindo bem, eu disse, assim que as irmãs entraram no quarto e quiseram ouvir o irmão e seu desejo perigoso afinar a coragem um pouquinho mais a cada minuto, e desaparecer. Ele tinha vinte e seis anos e já cabia vivo nos meus treze recém *parabéns como você cresceu.*

Tenho trinta e seis anos agora, e seis casas passaram mais anos sobre mim, demoradamente e repletas de descontentamos e também gentilezas. Pessoas que não eram nascidas nas casas antigas que fui surgiram quase repentinas, e firmaram-se camas aquecidas. Tantas chaves e vazios, paredes geladas e indiferentes, outras foram peles queimadas de dúvida. Continuei, e os homens foram digeridos sem tormentos pelo meu corpo. Eu sentia-me vibrar após o cheiro íntimo de seus abismos. Eles vinham ensaiando contentamento, disfarçando uma vingança tão careta e refém de animal grunhindo atrás dos olhos, que no começo metade do corpo goela abaixo e eu nem sentia a doçura da língua e o arranhar nos meus dentes. *Peloamordedeus,* e me xingavam, definitiva a piedade habitante em minhas mudanças que respondia a eles *Engoli esse deus que te fez sacrifício, é tarde para pedir qualquer perdão.*

Todos eles queriam dizer o quanto eu não deveria estar tão próximo de suas famílias, ouvindo suas histórias, rindo das galhofas, ou encantando-me com a poeira dourada a apalpar o por do sol que se elevava quando eles faziam seus jogos de corpos e conquistas dedicados às meninas. Aproximavam-se infernais, bestas, não queriam ficar tão perto e não sabiam estar tão longe. Aproveitavam as sombras sorvidas pelas casas, e só naquela escuridão eram silenciosos. Durante o dia, faziam o mesmo (insultos, as camisas molhadas torcidas em golpes, empurrões, gritos) sobre mim, expondo-me. Os sinais de medo marcavam o corpo, quase quebrado, quase sempre, cansando o caminho que eu devia fugir.

Na rua, em quintais vadios, em uma cidade pequena e quase esquecida, em casas cerimoniosas compromissadas com igreja e sacralidades imortais, em metrópoles de ortodoxias formidáveis e seus barulhos imediatos, sinais de progresso e pobreza apavorada, homens não cansavam de se repetir em suas buscas. Em todas as casas inventadas pela minha persistência, após as ruínas da minha infância, homens que me odiavam e homens amantes de dúvidas desejantes e intermináveis, todos sem um forma duradoura de qualquer amor, procuravam-me, amedrontados. E o medo, e o cheiro rompante, me faziam livre, uma energia sem fome, uma presença infinita de extravagância e densidade, sem nome certo, mas ali, agradável e possível.

Alguns daqueles homens me beijavam, e era assim que entravam mais fácil. Outros, a maioria, detestavam o beijo, e as variações disponíveis longe do eu te amo, mas íntimas de um *Aqui dentro o afeto não precisa ser um jeito de morrer*. Sem beijos, eles me colocavam para chupá-los, viravam-me as costas, e durante a rapidez e disposição dos meus gritos, eu os engolia numa sucção tão feroz quanto improvável. Foi apenas na segunda vez que fiquei um tanto impressionado com a facilidade daquilo. Eles nunca perceberam que tudo no meu corpo era o centro da vida, o cômodo mais confortável da casa, uma benção e um mistério, e que eu tinha muito mais a dar.

Continuei engolindo-os, enquanto continuavam me procurando. Não importava onde eu estivesse, eles sempre vinham, a busca por exílio nas margens ruínas dos meus lugares estranhos, eles ávidos, eu, longe do meu nascimento e dentro de tudo que em mim não aparentava segurança. Nem sempre a procura era diretamente sedenta, clara; muitos queriam me ver longe. Se eu ocupava um lugar qualquer numa fila para pagamento de compras, ou varrendo imundícies em parques e praças, esses homens não toleravam meus olhos descrevendo interesse e interrogações; havia um movimento tenso, desafiador, exigente, pedindo a minha retirada. Foi assim na minha adolescência, em salas de amigos, suas casas e famílias modeladas de fantasias, nas diversões e jogos: *Ele não sabe brincar como homem*. Havia sempre uma mãe, naquelas casas, a socorrer meu estarrecimento educado de olhos e mãos bem quietas, permissiva.

Eu não conseguiria explicar como acontecia, para onde todos os homens iam, como cabiam em mim, se estavam aos pedaços, se se tornaram sombras sólidas, espíritos descartáveis. Parecia uma sucção, mas também parecia que o corpo apenas respirava, e ainda um deslizar de ribanceira, estrondos e pequenas agitações quando eu sentia o medo neles, o odor, as bocas tremidas. O meu corpo contraía-se, como se experimentasse um escala de lembranças, sempre iniciada com as ruínas das casas anteriores, e partindo disso, abria-se de coragem e desejo, como se em mim, e apenas em mim, coubessem eternidades: e sorvia os homens. Sorvia um, em um dia, depois outro, e mais outro. Um dia depois do outro. Situações incomuns, lugares inusitados, intercalando-se, revezando caminhos. Apenas acontecia. Um dia nada mais que normal na vida de uma bicha.

Crescidos, o jogo tornava-se proporcional à agressividade articulada a desejos incontornáveis, e procurando para a entrega ou para o escape, nunca esvaziavam minhas casas – anos após ano, cidade após cidade – do pior de cada um deles, os homens, constrangidos, ferozes, abundantes.

Com estranheza, a cada sucessão de toques acumulados, aceitei a natureza do corpo farejando aquelas raivas, que se continuasse a engoli-los eu não me demoraria na tristeza e no desespero, como se fosse uma saída o corpo e os movimentos incertos e involuntários sugando cada um deles, que desciam, entravam, contorcidos, gritantes, amargos e repugnantes, revoltados, pois fariam parte de mim.

Acompanhei seus suspiros desabrochando dentro dos gritos, senti suas unhas rasgando as paredes do meu corpo. Era sempre tarde demais quando acordavam para o que estava acontecendo. *Sua vadia nojenta, me tira daqui.*

Estou me dirigindo para o coração de um deserto, um país tão quente quanto o meu, uma cidade tão interior dentro de algo perdido e terras cansadas de luta como a cidade onde nasci. Consegui algo improvável, sem comprometer nomes e apoios que não tenho. Fiz homens sumirem no corpo. Talvez ainda não tenham morrido. Se explico como os ouço clamar raivas e conjurar demônios na esperança de partirem para longe de mim, entendo-os vivos. Então como me acusam pelas mortes de todos eles? Uma bicha que dos treze aos trinta e seis anos tem destruído famílias inteiras, dilacerando suas vítimas e engolindo-as. É assim que me contam por aí?

A cidade mora nesse Estado há séculos, nada novo por aqui. Lembro-me das ruas da cidade onde nasci, nas beiradas do país, os lares vizinhos de gestos semelhantes, a fome recém exterminada e as crianças voltando para as escolas, sorrisos rechonchudos. Aqui, as crianças estão pedindo adereços presos à mochila, pulseiras, meus brincos; querem lamber a cor dos esmaltes nas unhas.

Grudam nas minhas calças, tão quente, e gritam algo que parece *Ei, homem, você vai morrer de sede sem nós.* Alguém traduz esses gritos das crianças, como se cantasse um mantra. Estou mesmo fugindo então, como se eu tivesse matado centenas de homens em tantas cidades diferentes. Homens inocentes, é como os chamam. Não é como se eu tivesse livrado o mundo de cada uma das doenças que esses homens ainda são?

O deserto carrega um destino inevitável, com seus ventos revelando-se em cerimônias ancestrais de estrelas e céu que lembram o teto onde nasci. Sinto-me consolado, fugitivo. Olhei minhas anotações. O sentido seria de sentar mesmo. Mas agora prefiro Sinto-me. Ouço os homens ainda resistindo, resfolegando, odiando-me na maior parte do infinito desse tempo que é o interior do meu corpo, enquanto as crianças do deserto trazem copos com água, todos os dias, e comida, de dentro de suas casas de paredes frágeis. Talvez elas também ouçam os homens pedindo socorro quando eu rio.

Ainda fujo. Mas é aqui, no deserto, que continuarei vivo, olhando para o céu como um teto que nunca será destruído. E os homens que carrego engolidos, eternamente agonizantes, jamais desaparecerão, enquanto eu continuar livre.

A noiva

Olhava para todos os lados, a cabeça rápida, e as crianças algazarrando os detalhes das roupas e os caprichos dos gritos.

Da mãe, esperava as roupas costuradas com linhas coloridas e carinhos destoantes do humor do pai, antes desse desaparecer: vai pegar as menininhas e fazer o quê? Nada, pai, eu sou criança, dizia escondido na mãe, a cabeça chovendo vergonha dentro da saia, o calor e o cheiro de feijão e carne agarrados ao corpo da mulher que dizia é diferente e é igual, filho.

Na escola, olhava para as crianças que não seguiam ordens da professora, não todas: um atrás do outro, ouçam a música, quando a música gritar e eu bater palmas, vocês se dividem em duas filas, meninas para um lado e meninos para o outro, batendo palma, anarriê, em seus lugares.

Observava a atenção, a sua, catar miudezas dos corpinhos que vestiam saias e aprumavam-se em vestidos, flores e fazendas representando campos: alguns são árvores que nem existem ali, apenas um deles, comprido até a ponta dos pés é imensamente céu azul, mas branco, tão largo e impossível feito a casa de deus. É do tamanho da casa de deus, mãe. Via a curiosidade afinar os olhos e ver a fila de meninos e meninas socando os pés calçados no chão, a poeira levantando vermelha, as palmas transformando-se em ninho que acolhe a mãe vizinha, a próxima, e a próxima, e a próxima, menino com menina, menino com menina, menino com menino (um errinho que fosse – menino com menino – e era grito chiado e porrada

Esse aí é baitola!), até que os olhos do menino cansaram e fecharam a porta.

Mãe, eu não vou ficar nas filas não!

E vai ficar onde, criatura?

Viu um pensamento se formar nos modos da mãe, veio de lá o pensamento, da pele onde morava as horas mais valentes do sol, os dias em que a mãe enraizava-se no quintal da casa ferindo a terra, aguando o nascer do milho (e quando ele mastigava o almoço, dizia É a mãe). O pensamento veio das mãos da mulher que ria sem tornar a boca um erro extraordinário, descontornadas de cores, apenas uns traços borrados de tanto dizer Para, homem, não faz assim que dói. O pensamento veio dos cabelos maternos imitando os formatos do pai, o seu, o brilho dos cabelos restritos à altura das orelhas (Não cresce mais, mãe?), o pensamento nasceu nas alturas do corpo da mãe que imitavam os morros onde viviam as árvores e o calor e não paravam de sacodir suas folhas secas barulhentas, o corpo da mãe; surgiu nos giros dos braços e das mãos circulando a mesa da cozinha, adestrando o fogo que mastigava o cozinhar da fome a ser saciada nas panelas queimadas de passado: eu quero ser a noiva, mãe.

Ela, a mãe, a sua, interrompeu a dúvida que cresceu no nascimento no filho. Interrompeu a agonia carregada até ali, atrás dos olhos, coisa que ela só vê quando abre os sonhos assim que deitava e o marido enfiava-lhe a bruteza pedrada na boca e quase dizia Sonhar pra quê, mulher? Os olhos tocaram o filho com os sonhos que morreram, com mãos delicadas que ela sabia que não tinha, e nem queria. Sentiu a casa girar dentro de si, as paredes arrochando-se numa queda, pensou em gaiola, visgo, armadilha, passarinho morto, prato vazio, pensou no corpo do marido torrado de carvão e terra quente, e viu o filho chafurdar as gavetas da máquina de costurar que era do passado de sua mãe, a sua, avó do menino, que tinha nas pernas o jeito lento e serpeteante de ser outro.

Quer ser outro, disse a mãe. Estalando os olhos, a casa dos sonhos que morreram.

Ela vai até o filho, espera. Procura as linhas combinantes, pares de rolos e agulhas. Na máquina não vai dar certo, melhor usar as mãos, enxergando os caminhos do que receberá a criança, menino, não sei. Vasculha o passado, ouve as janelas soarem velhas ao não se deixarem abraçar pelo vento e pelos gritos de olha o gás, olha o pão quentinho, é hoje a apresentação das crianças, anarriê. Lembrou-se da história das mulheres antes dela, a mãe que casou e pariu outra mãe, que pariu outra mãe, que pariu outra mãe, e mais uma, uma casa dentro de outra casa, mais uma casa e outra casa, até ela, a mãe do menino. Menino? Não sei. Algumas lembranças desprenderam-se dos sonhos mortos, fantasmas encorajados, e visitaram as minúcias dos gestos de pinçar a agulha e a alegria na cozinha, e o lamento na roça e o prazer nos filhos. Vou costurar um igualzinho, filho. Filho?, não sei. Recordou de cada trançado de renda e ponto cruz, as ombreiras largas, bufantes, pareciam uma vaca feliz no parto, bu-fan-tes, e ouvia o vestido crescer e o passado rumorejar de medo.

Vamos, criatura de deus, veste logo isso, ela disse assim, pois a criança não parava quieta as mãos tremendo e Mãe, deixa eu ver, deixa eu pegar, posso ajudar, ali tá maior, mãe, tem linha sobrando, mãe, vai ficar bem branquinho, branquinho, alguém vai querer dançar comigo? Terminou, mãe? Terminou? E agora, terminou? Uhm, mãe?

Vestiu-se com a mãe e os sonhos mortos atrás dos olhos.

Vestiu, e a mãe enxugando os cabelos que não cresciam para além das orelhas. Vestiu, e a mãe arrumando o penteado dos olhos curtos, rindo assustada.

E o pai, mãe? E ela quis dizer Teu pai não volta mais, criança. E disse Teu pai não volta amanhã, filho. Filho?, não sei.

O menino saiu de casa pela rua da cidade que não tinha ninguém. Segurou a mão da mãe, contidos, debulhando um rosário de pedidos Que deixem o menino dançar.

Chegou à festa, as duas filas armadas de gritos e uma dança desembestada olha a cobra, a ponte caiu, ei, menino, baixa a saia dela, e tapa no ombro, anarriê, em seus lugares, e cruzando o rio invisível da curiosidade que atravessava os barulhos e berros, a criança disse fina: Eu vou ser a noiva.

E foi.

Maquiada

A mãe entrou, e a criança abraçando a alegria de rosto transformado em batom, blush, rímel, contornos fora do tom nas mãos de seus sete anos. A mãe não se reconheceu no filho com o nome do pai, o seu. A mãe não soube o que fazer e agarrou a mão da criança, esganiçou o batom e coloriu a cara do filho até borrar o que era discreta euforia, libertou, expulsou uma raiva indecorosa e impossível de dominar no futuro, enterrou o estojo de todos os cremes e cores, enterrou o choro da criança nos seus gritos, disposta a morrer se ele não fosse, nunca fosse o homem que ela esperou. Trancou o menino na casa. Escondeu o menino no nascimento arrependido que ela nunca deveria ter deixado de portas abertas.

A superfície da palavra

Mãe, preciso te contar sobre o fim!

Precisamos trocar os panos de prato, já viu como estão? Tudo manchado, acho que é gordura!

Ele saiu de casa avisando que eu ficaria com nada...

E as cortinas cheiram mal, filho, é cheiro de lavanda, e parece que alguém vomitou nelas junto com lavanda.

Ainda doem todas as recordações, mas não é apenas lembrar como um recurso para reviver as desesperanças, é sentir nas marcas das palavras que ele disse e em todos os segredos que guardou naquele prazer absoluto que tinha de sair com todos os homens...

Sabe quem morreu? A Maria, lembra dela? Aquela vizinha, que reclamava de tudo e falava mal da cidade toda. Disseram hoje que encontraram-na morta, estirada na cama feito galho seco. Quando contaram isso, fiquei apavorada.

Ele dizia que não, no entanto, eu via o despertencer nele se confundir com desrespeito, eu via as conversas que ele tinha com uma caralhada de homens, eu via todas as vezes que ele ia ao banheiro nas filas de teatro e cinema, e observava-o de longe flertar olho-no-sorriso com homens que nunca vimos na vida, e depois eu retornava e ele continuava rindo um exagero crescente de afetação de quem está no cortejo para ser coroado rei...

Você devia deixar essa janela mais aberta, filho, e, de repente, pode ajudar a circular um pouco de vento aqui dentro, vê se sai o cheiro de mofo dessa casa!

Os planos eram comuns, os que organizávamos para nós, as viagens partiam dele, e juntos pagávamos as despesas, tudo isso era nosso (passo os olhos ao redor, translado e rotaciono, o modo de ser astro que ela não enxerga), não entendo como ele saiu de casa carregando tudo que, a partir daquele dia, passou a ser só dele!

Você viu que essa parte aqui de baixo da geladeira está carcomida? Como chama mesmo? É carcomer? Porque enferrujou e tem lascas caindo. É lasca que diz? Você precisa dar um jeito nisso, antes que o frio escape de dentro!

Você está ouvindo o que estou querendo dizer, mãe?

Viu que a vizinha da Sônia não parou de gritar um minuto ontem? Devia estar morrendo, coitada!

Consegue me ouvir?

Você ouviu? Ela gritou tanto...

Estou tentando te contar que ele saiu de casa levando o amor embora, e eu gostava dele...

Parecia uma doida varrida, pedindo socorro, urrando... é urrar que diz?

Ele me traiu tantas vezes, e eu descobri, e ele ficou possesso, mas numa passividade perversa e levou tudo da casa...

Nem parecia de gente o grito daquela mulher, dizem que é porque o marido passa a noite com um monte de vagabunda...

Você não me enxerga quando dói assim, não é?

Uma mulher daquelas devia se dar valor. E agora ainda tem uma criança que não fecha o bico, deve ser fome...

Eu tive medo de ele me destruir, e ainda tenho, você vê, olha aqui dentro, mãe...

Ou essa criança deve puxar à mãe, criança quando tá na barriga sente essas agruras da mãe pelo sangue, coitada dela!

Se você enxergasse o medo sangrando bem aqui na sua frente...

Já pensou? Se essa criança cresce doida que nem a mãe?!

É teu filho que está falando e eu queria que essa dor só minha chegasse para ti antes de eu desistir...

Tomara que seja menino, porque aí não vai sofrer tanto... pense num bicho que sofre é mulher, e se for menina, coitada, certeza que recebe na vida a doença da mãe...

(Algo arrebenta sem ponderações dentro deles)

– Tomara que ela seja uma mulher diferente de ti, mãe!

– *Eu nunca pedi pra ter um filho como tu.*

Portas abertas, morar sozinho

Neles, o amor aconteceu macio ao escorregar os lábios pelas minhas costas enfastiadas de suor, o dia inteiro. Neles, o amor aconteceu antes de mim, muito antes de nos encontrarmos numa manhã subordinada ao frio de um junho específico, muita luz para os olhos que me viam chorar. Eu havia sido deixado para trás, pelas costas. Meu companheiro de antes não se dizia meu namorado de sempre ao conhecer um homem que possuía séculos impregnados nos vincos da pele, o bolso retinindo glórias; não uma glória qualquer, mas um tipo de vitória que veste os dentes de clareador dental ressecando as frases ditas, uma glória que vai a Nova Iorque na sexta-feira e volta domingo, sem o amante, para o café da manhã com a esposa e os filhos.

Neles, o amor escorregava por baixo da coberta para acordar o relaxamento precário dos meus sonhos realizando beijos nos meus pés. Felipe beijava o direito, Dex beijava o esquerdo, eles inventavam esse caminho úmido de bocas recém-acordadas e ensinavam-me a caminhar pela casa. Neles, o amor nunca envelhecia. Era um tipo de casa, Felipe e Dex, há oito anos. Nove anos, e agora eu. Nos vimos cansados num parque, fazia frio e eu tremia. Eles chegaram delicadamente, acompanhando o ritmo das flores que escapavam dos galhos, flores roxas de asas estabanadas, esvoaçando renunciadas da origem da árvore, morada e mãe.

Sentaram-se ao meu lado, ao nos conhecermos, e tocaram sem ensaios meus ombros. Minha tristeza atendida por dois homens. Um homem e um garoto. Um homem de olhos comprometidos (sou casado!) e um garoto comprometido com a esperança (sou casado com o que nele vive livre!). E eu? Você decide!

Caminhamos os três pelos passeios que o parque revelava e terminamos onde eles moravam. Felipe destrancou-se primeiro, abriu gavetas e janelas, e os abraços – braços solidários e sólidos. Dex veio depois, guardando a alma e os afetos que restavam ao sair da casa dos pais, ao ser despachado com uma mochila e dois livros.

Aceitei ao pensar o amor dos dois como para além da compaixão. Amariam o que fui ao ficar sozinho, mais pelas dificuldades que senti, percebidas por eles. Sentindo o término como algo abrupto e insuportável, revelei-me receptivo ao amor, aquele tipo que nunca vivi, o desejo já iniciado na vida de outros dois abrindo espaço para meus frangalhos. E eu quis.

Até Dex cansar de Felipe reclamando da esposa todas as segundas e quartas e sábados, quando dormiam juntos, há oito anos. Eu tinha meu próprio jeito de morar sozinho, cozinhando macarrão instantâneo com verdura e tomates orgânicos orégano e azeite, a sala arranjada apenas com almofadas coloridas e replicas de detalhes indianos, uma sala sempre sozinha na casa, os livros espalhados como colunas a sustentar nada. Dex tinha o seu jeito de morar sozinho com a falta de Felipe quando ele vivia com a esposa e a filha, cujos nomes nunca foram pronunciados, a ausência de Felipe ao estar preso a Dex em beijos e jantares caríssimos e nunca parar de falar tão mal da esposa. Felipe não morava sozinho há trinta e três anos.

Às vezes, não raramente, eu tentava dividir igualmente deleites e aflições com Felipe e Dex. Até eles não conseguirem se entender em suas dissensões. Os corpos e pratos discutiam nas mãos dos dois, ao serem lavados, ao serem servidos nos jantares, cheios até as bordas dos melhores vinhos e das comidas orgânicas, retiniam, chiavam, lascas gritavam sobre a pia e nos armários, enquanto eles argumentavam silenciosos quem tinha a razão mais plausível. O amor neles era silencioso. Eu dizia – disse apenas uma vez – Parece que estamos a poucos minutos do fim do mundo. Ri sozinho. Felipe e Dex disseram injúrias com a mesquinhez de todos os gestos fraturados.

Foi ali (e foram muitos alis) que compreendi meu lugar. Eu dormia na mesma cama com eles. Oito anos e a mesma cama, e cheguei, inventando uma saída para uma relação deprimente que acabou comigo, mas nunca acabou em mim. Parecia que quase todos os dias, quando Felipe e Dex me acordavam saturando meus sonhos, eu precisava despertar de um sonho interminável. Eu não tinha para onde ir. O ex-companheiro parecia ter escapado do que vivemos até me trair e emprestar uma doença que deixou meu corpo febril por meses. Eu não tinha para onde voltar. Digamos que aquele ex companheiro saiu de casa e levou quase tudo. Digamos algo sobre a paternidade e a maternidade do homem e da mulher onde nasci: apenas não concordavam – homem e mulher, causa e efeito, biologia e dna, a bíblia, e Fora Daqui. Digamos que isso e mais o homem escapado, pedindo-me em namoro, abrindo-me o coração com a chave da casa e dizendo-me Fica. E depois indo embora levando quase tudo.

Foram essas as duas vezes nas quais entendi meu lugar na vida de homens como ele. Eu não sabia deixá-los. Eu só sabia de uma maneira rápida e profunda, como um vulto escondido que perambula do quarto para a cozinha, que deveria sair deles, desvencilhar o medo de estar sozinho do que me ofereciam, abrir mão de ouvi-los, pedir sempre menos do muito que eu acumulava há anos, antes de todos eles, depois que deixei a maternidade e a paternidade dos meus pais. Que desespero horrível abrir mão de uma saudade e de uma fantasia simulada e aceitar todo esse amor que não era para mim.

Felipe odiou com a raiva capaz de maldades quando Dex foi até o apartamento de sua família e contou-lhe tudo: quem eram, os dois, como viviam, os dois, o que sempre quiseram, juntos, porque nunca desistiram, os dois, sempre os dois. A esposa de Felipe congelou pasma, branca, um celular gigante reluzindo pesado uma compra recente, uma viagem, algo absurdo e protegido. Saia daqui, ela disse a Dex. Gritou para que Dex saísse correndo expulso.

Não foi a primeira vez. Havia um caminho incrustado sob os pés de Dex até a casa de Felipe, até o apartamento 785, do condomínio luxuoso, aquela sala camuflada de espaço sideral e móveis minuciosamente planejados. Não foi a primeira vez. Quantas vidas Dex perdeu realizando esse caminho que não tinha nada de sonhado?

Neles, o amor era capaz de superar repetições, e nelas continuar, para além de uma vida toda.

Se eles começaram o amor pelo fim, como conseguiram chegar tantas vezes ao recomeço?

Eu devia ter mesmo ido embora antes que suas mãos consolassem meu vazio, e o marcassem com precisão e carinho, que me levassem até a casa e me abrigassem, desde a porta de saída até o quarto, como se eu fosse uma tristeza familiar, muito parecida com o que ambos buscavam, como o que todos eles buscavam.

Os dias corriam. Felipe quase não abraçava mais Dex, passou a não vir mais. Ficamos eu e Dex. Depois ficamos eu, Dex e a ausência de Felipe; depois eu, Dex, a ausência de Felipe e as inúmeras ligações da esposa e da filha buscando notícias do marido e pai: Ele não aparece há dias, diziam de vozes-mãos-dadas. Depois fiquei sozinho, e o Dex apareceu com um homem de nome Pedro, um cartão platinum sempre pendurado à mão e um conversível sempre estacionado nos sonhos.

Saí de casa sem Dex perceber. Pedro podava o bigode e os pelos do peito com uma tesoura e uma concentração desafiadora, uma expressão no corpo representando conquista, enquanto Dex mamava a velhice dele, de olhos aturdidos.

Até hoje me pergunto se deixei algumas das portas abertas, aquelas todas que encontrei e nunca tive as chaves comigo.

Nunca dissemos eu te amo

Nossos pais tinham razão. Quando digo pais, falo das mães, as nossas, apenas, porque os pais não estavam em casa quando elas nos disseram lições de mal amar. Disseram-nos Impossível dois homens juntos tanto tempo levando para si uma casa conjunta.

Eu e ele estávamos juntos numa casa nossa. No início, antes da porta azulada de um material que eu nem sabia qual, nos vimos de olhos plantados frente a frente dizendo esperas muito abstratas para dois homens. Éramos impalpáveis. Ele se inventava nas redes sociais e eu me forçava a viver longe daquilo, mais perto de tudo que vejo e sinto o cheiro ou vejo e posso discernir volume e contexto.

Ele clicava os olhos para dizer da disponibilidade. Ao longo dos meses ocultava uma história densa, que eu nunca soube especificar, até o amante bater à porta e dizer É exatamente como você não esperava. Antes: os olhos, uma máquina de pinball existencial, as luzes representando estrelas suturadas em cores elétricas, quando, sinestésico, ele me esperava dar mais um passo. E dei.

Todos os dias pareciam o dia seguinte depois de nos apresentarmos, as vozes encontraram-se simultâneas, aperto de mão lavado de vergonha, quando ele disse Sou estável, e imaginei um prédio, dos tipos que nunca existiram na cidade da minha infância (sempre fomos, na família, uma casa apertada, pés no chão, cabeça capaz de tocar o céu do teto) incapaz de tremer e cair. Eu o via doze andares e janelas espelhadas. Ele contava apenas uma história sobre o seu passado. Depois descobri que ele era muitas histórias não interrompidas vividas com homens que tinham suas próprias histórias presentes vividas com outras pessoas que apostavam naquelas experiências com a crença do Felizes para sempre. Expliquei que estava disposto a querer o que chegasse do passado, aceitaria ele escolher dizer que não tinha nada para dizer.

Nossos pais disseram que esse troço de homem com homem numa casa não pode dar certo. Quando digo os pais, falo das nossas mães, porque nossos pais não estavam mais lá para dizer algo dessa envergadura.

Não era tanto uma casa. Chamo casa o que carregamos ao amarmos alguém que decidimos ter como preferido. Morávamos numa quitinete, algo assim. Ele cismava em explicar quanto custou. Eu tentava explicar pouco, pelo menos os valores das coisas que tínhamos não importava para o futuro.

O que sabíamos sobre nós não nos seria apresentado pelas nossas famílias. A minha acabou quando meu pai saiu de casa, ele contou. A minha acabou quando a casa nasceu, contei. Ele riu. É de um trecho de um livro que escrevi e nunca será publicado, eu disse. Ele pediu para ler e eu disse Você vai ter a vida inteira para ler, então fica.

Eu sabia que ele foi um menino-ninguém que vence e cresce mais do que os parentes e vizinhos esperavam. Esse menino encontrou o menino que eu era, em um momento de rompimentos desorganizados e mal administrados de ambos, que não conseguíamos exprimir apenas falando. Por isso a quitinete, algo assim, e todos os móveis seus, e os segredos que haviam estado nele e na morada e precisavam voltar antes da meia noite.

Me conta, tem algo circulando que sinto crescendo, eu sussurrava ao acordar às três da manhã, todos os dias. Eu acordava, madrugada dormindo cautelosa. Eu olhava para ele sonhando, abria o celular ressonando os passados presentes dele, nomes que eu via frequentes nos outros que ele encarnava em perfis ponderados, e chorava. Me conta, pedi muitas vezes.

O lugar de morar, nós, quase caiu tantas vezes. Dava-lhe um lugar no mundo, eu pensava, alimentar os segredos, talvez por não saber que eu segurava com mãos amigas o que quer que chegasse. Ele só existia pelo segredo, as falas cortadas por ditos que se retorciam para pronunciar algo distante que eu tentava apenas imaginar. Mas eu sabia. Pedia Me conta antes que. Eu tinha as chaves da quitinete, a senha do banco e as viagens pelo mundo, e não tinha a verdade.

Só complementei os espaços da casa. Comprava menos livros que ele; comprava roupas mais baratas que ele; adquiria tudo em mais parcelas, enquanto ele comprava exarcebado tudo de uma vez. Ele via em mim a família que faltava, meu pai bêbado e os machucados da minha mãe, e meus pedidos de Agora me conta? Nele, a mãe e o pai e a história incompleta que me aturdia mais que os segredos que descobri. Precisei descobrir. Vi e fiquei aturdido.

Cada vez que eu pedia *Me conta*, e ele não contava, eu sentia um machucado explodir sob a pele. Precisamos conversar, era ouvir isso e ele iniciava um lento e brando caminho em suas palavras que me levavam aos cantos da casa, que era quitinete. Não me entregava sequer respostas falsas. Saboreava a possibilidade de virar ao avesso o que eu lhe dizia para mostrar o quão desarranjado eu estava. Eu tentava dizer Não precisa esconder, eu já sei, eles me procuraram. Talvez algum susto tenha desestabilizado a crueza das palavras, talvez o inesperado em mim dito com complacência tenha chegado até ele como arma engatilhada, pois não ponderou ao afirmar que a minha loucura seria a minha derrota, e disse Minha como se dissesse a Minha família, a Minha mãe, a Minha casa.

Morei pelos cantos enquanto a tensão não largava nossos cumprimentos diários. Ele mantinha uma rispidez amarga, o rancor trancava-lhe a bondade em espaços sufocantes ou talvez ele quisesse muito agir daquela maneira, é assim que se mostra quem manda na casa, como faz um pai. Dormi no chão muitos dias, enquanto ele descansava as chagas da vaidade na cama que comprei. Os cantos não eram tão limpos quanto o restante da quitinete. Eu jurava que podia ouvir os ecos dos meus pedidos de *não esquece de tudo que vivemos até aqui*.

Relacionamento não é a casa cheia de todos os homens que passaram e recusaram-se a morar, foi isso que repeti para os cantos da quitinete. Comecei a ter medo de conversar com ele. Eu não descobriria qualquer novidade a partir daquele ponto que chegamos na relação: algumas mentiras estacionadas nos cômodos do homem desconfortável. Eu tentava tocar o corpo em movimento, ele desviava de mim como evitava as sujeiras que empurrava para baixo do armário. Achei que se tratava de uma inabilidade, desses aprendizados que não nos são oferecidos ao longo dos anos da infância, entretanto, pela forma com que as portas trancavam-se em gritos e as ausências que ele ocupava longe de mim, determinado e vibrante, comecei a entender que talvez houvesse nele uma atrocidade apesar do querer.

Ele não me enxergava como se visse à sua frente um homem incompleto, como julgou que eu fosse, ao nos conhecermos. O amor, que ele nunca disse, veio terno pelas afinidades que encontramos a cada vez que saíamos e falávamos sobre o presente. Ao surgir o passado, ele queimava um pouco o silêncio e afogava detalhes nos cafés. Eu contava as minúcias de como me entendia capaz de afetos e renúncias de morar como se a eternidade fosse tempo pequeno. Talvez por isso ele tenha me visto carente, como ele disse uma vez. Muitas vezes quando houve luzes atravessadas do dia dentro da sua consciência sempre desperta, tive certeza sobre sua bondade. Um homem desses seria incapaz de tudo aquilo que descobri, e tudo que ele não disse? Eu apreciava essa categoria de pensamento com tamanha cautela que o que eu sentia chegava a ser palpável. Nesses momentos, eu tentava abraçá-lo e aproximar-me das qualidades do seu corpo ao me ouvir pedir ajuda. O corpo, e os braços distantes do abraço, não tinham outro modo de me dizer sobre sua impossibilidade de receber a fragilidade de alguns momentos do outro que não fosse esvaziando a casa e partindo.

Dez dias depois e ele morava com outro, em outro país, casa de todo mundo.

Vinte dias depois da casa que fomos, ele é outro.

Nossos pais tinham razão Impossível dois homens tanto tempo numa casa. Falo Nossos pais, mas me refiro às mães, as nossas. Nossos pais não estavam em casa quando as mães nos disseram lições de mal querer.

Nós nunca dissemos eu te amo.

Tinta fresca

Ele tinha certeza que o filho era seu. Dizia Se ele voltar, preciso esperar, se a casa estiver pronta, a mulher e o menino voltarão. Não parou enquanto a certeza de que a casa não se moveria para fora da sua esperança pousou sobre as almofadas bordadas com Segunda, Terça, Quarta, Quinta e Domingo, linhas vermelhas em veludo amarelo inclemente.

Não era como se não nos conhecêssemos. Também reconhecíamos pouco de nós um no outro. Todos os dias, ele ia ao trabalho – um curso de línguas para adolescentes agitados demais para um dia inteiro em casas abarrotadas de crianças menores que eles, que não conheciam o centro da cidade, shoppings e museus. Orgulhava-se quase nada de seu esforço, que escapava nos vencidos tremeliques da sua cabeça pendendo negativa e mórbida ao chegar na escola e ver todas as meninas e meninos que ele não sabia se eram parecidos com seu filho.

Como você sabe que é um menino?

Eu apenas sinto, muito forte.

É como uma dor?

Não tinha pensado nisso assim ainda.

Assim como? Um filho, a certeza de um filho homem a doer?

E então ele se calava sempre antes das sentenças que poderiam finalizar minhas dúvidas. Talvez soubesse que elas nos levariam para lugares distantes do que somos.

Quase desconhecidos, há um ano. Quando entrei na casa pela primeira vez. A mulher havia saído, duas malas e uma barriga enraizando uma nascença, e um caminho de raiva ainda espumava rastro de passado pela rua que se estendia e terminava a cidade numa ponte, e um riacho chorando sobre ela, até a cidade seguinte. A mulher havia visto o quanto ele desejava mulheres que ela nunca foi. A mulher, a minha, ele repetia. A casa, a minha, ele ecoava sem improvisos.

Não havia mais nada na casa que parecesse com a mulher, e mesmo assim ele continuou, todos os dias, a organizar panos de prato despetalados pelos apertos dispersos dos cômodos; comprava brinquedos que jamais seriam engolidos por qualquer criança-bebê, qualquer criança-crescida não chegaria a tropeçar nas caixas alastrando-se pela sala e quarto; os plásticos duros, polietilenos coloridos estalando ao toque sonoro do homem que só sabia ser pai na espera.

Se não tem criança, tu é pai?, nunca perguntei com qualquer palavra. Eu servia café amargo, coado na cozinha da casa, e ao vê-lo retorcer as lágrimas na máscara carrancuda da tristeza, depois do primeiro gole, eu encarava nesse gesto a resposta esperada.

Onde a criança nasceria naquela falta, toda ela uma falta acontecendo todo dia um pouco mais, e a mulher não chegava, toda noite um pouco mais, e a mulher não cansava de deixar-se ir. A criança nascia crescida nas lembranças do homem.

Cortinas azuis cobriam as janelas de madeira chorando verniz. Um cheiro mal-humorado vencia os bom dia e boa noite vazados de fora da casa. Ele sabia que não, e ainda assim acreditava que a voz da criança nunca vista por ele e que sentia sua, mesmo passados anos, dez talvez, chegaria até ele balbucio sem palavra crescida. Era assim que esperava um bom dia e uma boa noite: na voz da criança crescente, o filho, o seu.

É hoje que ela volta e traz a criança, ele me dizia. Arrojava os passos nos olhos. Os detalhes na casa desarranjados, ele tratava como sagrados. O milagre estava nos dedos concentrados costurando os sorrisos abertos na colcha do sofá, nos panos zelados cobrindo a cama. O sorriso no rosto não dizia nada além de descrença.

Se tinha amor, por que a mulher partiu? Isso perguntei, depois do gole de café. Fiz a mesma pergunta muitas vezes de modos diferentes: Se amava a mulher, por que todas as outras? Se o amor era sonho, por que a dor ferida? Se a mulher era única, por que todos os sonhos? Se a criança doía, por que a mulher partida? Eu chorava sozinho na sua presença. Ele não me via. Via as perguntas, as minhas, onde moravam a mulher e a criança, naquele lance único; em fração de segundos seus olhos se acendiam e ele não respondia, apenas via a mulher acontecer rápida na minha boca. Responder-me seria deixar a mulher não voltar nunca mais.

Eu quase disse eu te amo para confortá-lo. Não disse. Resolvi ajudar a casa, a sua, a ter ordem na falta ocupada. Ajudei os pós acumulados a armarem voos para fora, mastiguei as baratas com os pés, varri para longe de debaixo dos tapetes as bitucas queimadas de cigarro, e os cachimbos rachados e cristais de viagens demoradas embaixo do sofá, joguei tudo no lixo.

Eu não amava o homem. Queria ver a casa ficar com ele, queria ver o dia exato no qual a certeza de que a mulher e a criança cresceram velhices em uma casa que o homem não é. Eu queria estar ali, de mãos dadas, quando o dia da mulher enganada que não volta chegasse.

A casa bebia a tristeza do homem, afogava um cai-não-cai a cada mês. Eu o beijava quando a noite apagava seus gritos e adormecia as crianças que ele pintava nas paredes. Desenhos redondos e de rimas mais pobres que nós. Pareciam os alunos do homem e os olhos sempre tão pálidos e mudos.

Eu o beijava sempre depois de ele me deixar mais um pouco, só hoje. Não sabia se se tornara algo com propósito. Talvez seus olhos estivessem abertos dentro, mesmo as pálpebras cerradas em sonho, e ele me soubesse entregue a um beijo por noite, a boca aberta e a língua a contar a necessidade que eu tinha de ajudá-lo a nunca desistir da mulher que não chega e da criança que não cansa de nascer.

Nas primeiras manhãs, depois de todos os primeiros beijos, ele soltava a boca mole dizendo o nome do que eu achava ser da criança, depois dizia o nome da mulher. Abria os olhos, desabrochando sem fruto, e resmungava, mas rindo *Nós somos dois homens.* Meus olhos abraçavam as palavras que não dissemos ontem, mais uma vez. Ele levantava da cama, caminhando a deixar a casa pronta para a mulher que não chegaria e a criança que não parava de nascer.

Tintas frescas cobriam as paredes, todo dia recentes, e escorriam a casa num choro interminável.

Ela voltou?

A casa não respondeu nenhum pio.

A casa interrompida

*"Porém, é da casa que me interessa falar,
da casa e de Irene, porque eu não tenho importância."*
A casa tomada, Julio Cortazar.

Aqui ou lá, é da casa que quero falar; da casa e de Sebastião, porque sobre mim, há uma sombra, um deslocamento, e nada mais importante. Parado diante de um ônibus espumando um destino que quase desconhecia, eu sentia medo e respirava ofegante dúvidas e culpa. Como eu havia chegado até ali e deixado uma mãe sozinha naquele outro Brasil, uma casa a cair dentro do pai que não tínhamos? E que sombra é essa abraçada a mim, depois da primeira noite em São Paulo, num quarto vazio, onde o céu não se abre todo, ou por preguiça ou por desdém?

Nenhum lugar parecia tão deserto quanto os olhos daquele homem, ao dizer palavras incompreensíveis para mim, na porta estreita daquele prédio gêmeo de tantos outros, num bairro irritantemente isolado, no canto mais familiar daquele outro Brasil. Dias antes, eu estava no interior do Brasil, cuspindo um escárnio de amor para um homem; dois meses antes, eu olhava fundo para os cantos escancarados da casa que me despejava, em um dos meus nordestes preferidos, depois de outra separação longa dos braços de Tiago, e uma vida antes de tudo isso. Antes, eu vivia um incômodo desajeitado, tantas vezes, por tentar sair dos braços dos meus pais entediados de tanto dizerem *Como é que um homem como você vai sobreviver longe daqui?*

Uma mala e uma mochila, meio acabadas, depositadas à minha frente. O homem encerrado naquela língua antiga, que eu entendia recente. Não falávamos como se fosse possível qualquer compreensão mútua. Falávamos para resolver o frio que nos tremia a boca, talvez. Ele sinalizou para eu entrar e subir a escada estreita; a madeira gemia abaixo dos passos. Ele mostrou o apartamento no terceiro andar, três quartos, e apenas um deles livre. Os outros, ocupados por um silêncio diferente do resto do prédio, todo gritos; frituras descascavam camadas do tempo gelado. *Aqui você dorme sozinho*, ele apontava para o quarto número seis. Eu podia jurar que ele dizia aquilo em português. Eu estava em São Paulo, negociando uma noite num prédio velho com um homem que parecia indiano.

Eu esperava a vida começar um sentido depois de escapar tantas vezes. Carregava uma casa caindo todos os dias, um pouco além do óbvio, e nada tão distante do que fui na adolescência: a fuga de casa já não aceitava morrer, para sempre. *Se eu não voltar, é como se eu nunca tivesse morrido, pai. Entendeu, mãe?*. Eles, meus pais, sabiam que eu não voltaria tão cedo e torciam para que isso acontecesse. Todas as vezes que contei isso a outro namorado, como o fiz a Sebastião, ou em todos os bares que nos aceitavam de olhos dados e mãos em beijos, ele suspirava até o fundo de si e dizia: *Primeiro, meu nome é Sebastién, e segundo*: *De novo essa história sobre os seus pais?* Eu podia jurar que Sebastião falava comigo em português, mas ele estava cada vez mais estrangeiro.

Os outros quartos no prédio estavam ocupados. Algumas conversas em idiomas diferentes acordavam o andar a todo momento. Era uma morada antiga; eu a julgava pelo ar funesto e condescendente que vibrava ensaios de queda se eu me movimentava com mais força. Eu não sabia para onde ir depois dali, depois de Sebastião, e um pouco antes de Pedro.

Eu ia à cozinha do apartamento seis, e tudo estava rearranjado a cada instante, uma casa nova a cada hora. À noite, muito dentro da madrugada, o apartamento se encheu de um bairro inteiro, enquanto eu tentava dormir. As madeiras do piso estalando sob o andar de dezenas de pessoas inquietas, num apartamento minúsculo, uma região distante de uma parte esquecida da cidade. Um cheiro bêbado de queimado, como se o abandono estivesse tragando o inferno. Parecia a casa do meu nascimento.

Eu me via no reflexo da janela que olhava a cidade com dúvida. Há dois dias, eu chorava a saudade da minha mãe. De onde eu vim, toda mãe é mulher morrendo pelas mãos de um filho. E não matei minha mãe, não abandonei meu pai. *Ele foi embora, e agora estamos aqui sozinhos.* Eles contavam, eu tinha vinte e dois anos, e eles já contavam sobre isso: *Nós aqui sozinhos e ele foi embora. Podia ser tudo, menos aquilo.* Meu rosto é muito diferente do que eles moldaram com as mãos antes das despedidas. Eu nunca quis voltar, e nunca quis que eles morressem. Os olhos de São Paulo, vistos de dentro do quarto, carregavam o choro dos meus pais; eu não saberia fazê-los acordar outra vez, vivos, nem a cidade.

A porta do apartamento estava cansada de estar aberta; parecia que nunca havia sido fechada desde o começo de tudo. A outra porta, a que dava acesso à rua, a única saída, também estava aberta. O frio entrava e saía, à vontade, visitante nunca incômodo. Como é que nós sobrevivemos, pensei, antes de caminhar até a saída arrastando mala e mochila.

Eu não havia visto ninguém a noite toda. Eu não quis conhecer as pessoas ocupantes dos quartos no apartamento, embora tenha sentido alguém entrar onde eu dormia. Uma presença em sombra, que gemia um português pedindo ajuda. A sombra abraçava a entrega da noite nos meus sonhos; sua língua contava conspirações de amor malfadado, beijava como os homens de antes, sem nunca pedir desculpas por tudo que riam ao me ouvir contar o que me fez partir e começar a viver silencioso e denso, naquela cidade antiga.

Se eu dissesse à sombra e seu corpo mutante mais sobre o amor, talvez as horas tivessem corrido mais rápidas, e o céu familiar tivesse trazido o sol com mais pressa. Eu teria sido liberado da culpa, da raiva, da miséria. A sombra, aquela presença ocupada de mim, enquanto lá fora o apartamento ocupava-se de dezenas de pessoas estranhas e suas línguas, abraçava a minha tristeza e sabia que eu não havia chegado tão longe por engano. Fugi da família, e agora prestes a fugir outras distâncias. O cargo ocupado pelo meu desejo expunha-me a ameaças; o amor de Sebastião expunha-me; a saudade dos meus pais expunha-me; assim também meus vizinhos e vizinhas, e o que contavam sobre mim, tudo. Não era mais seguro viver naquele presente tão dificilmente conquistado depois de anos de lutas particulares e honrosas, nada gratuitas.

Não sei quantas pessoas poderiam caber naquele apartamento, e cada um daqueles quartos. Mais vozes que pessoas, talvez. Riam, discutiam, acendiam cigarros, mas o ar continuava respirável de homens e mulheres, cidades inteiras tomando conta da sala e quartos minúsculos; repúblicas de famílias reinventando-se no coração de outra cidade. A porta da entrada aberta e aqueles quartos não paravam de se encher de mais bairros. Não saí do meu quarto até o silêncio retornar do passeio. Se eu saísse, faria o quê?

Encarei muitas vezes o prédio velho pranteado de idades antes de virar as costas. A porta ainda aberta; o vazio todo trancado dentro. Eu não ouvia mais a algazarra da noite anterior. Uma única noite, uma diária paga, uma vida trazida à tona pelo abraço de um corpo em sombra. Uma cidade que parecia uma grande fantasia. Um lugar impossível para uma bicha como eu, muitos homens me disseram. A cidade acordada há anos, incansável; portas abertas para os que nasceram ali.

Nasci naquele calor e poeira escaldantes, secos, ardendo a boca dentro do sol, naquele brasil que o Brasil não quer aceitar. Falo sobre São Paulo para ouvi-los suspirar Uau!, mas nem imaginam o frio, a fome, os homens e mulheres repetindo cheios de gozo *Viado? Sério? Só podia ser!* Talvez eu não retorne ao lugar do nascimento. Não sei voltar tão fundo, tenho medo das portas se encerrarem atrás de mim e eu continuar sufocado na infância que não me cabe mais, que não parou de cair até agora.

Contaram-me sobre tantos outros lugares e possibilidades para o meu corpo, longe daqui; possibilidades para a sombra debruçada sobre mim sempre que apago as luzes. Alguns homens foram minha família, depois que a distância dos meus pais recaiu sobre mim. Mas todos acabamos, inclusive o amor. Alguma coisa ainda sem nome estava fora do lugar, o prédio ocupado parecia vazio, a saudade ocupada dos pais parecia vazia. Meu corpo seguindo o futuro parecia dormente. Eu não conseguia olhar para trás, e via apenas portas abertas e uma casa escapando.

Antes de embarcar, comprei frutas para levar na viagem. O mercadinho em frente ao prédio velho parecia funcionar em trégua. Comprei um sabonete que não usei. O vendedor, um homem alto, uma barba sábia, sobrancelhas densas; algo árabe, pensei, pela língua, o nariz, as inscrições e letras na parede atrás do balcão. Talvez eu estivesse errado. Ele conversava com alguém escondido numa porta, logo atrás dele. A língua estrangeira e o corpo rígido empacotando o calor que achei que carregava consigo. Ele me olhava num riso discreto. As veias grossas caminhando sob a pele dos braços. Perguntou algumas palavras, ou afirmou algo. Eu não sabia se ele ria dos meus modos de não saber responder sem uma mímica ridícula. Aceitou o dinheiro. Deu-me o troco, rindo. Antes, apertou o pau com força e olhou para a porta e o escuro lá dentro, e disse algo que me fez segui-lo. Levou-me para longe, e o abraço lembrou-me que o amor é um quarto vazio. Ele me beijou como um lugar que eu desejava há tempos.

Fiz uma parada numa praça; uma construção que sugeria um tipo de praça. Talvez fosse apenas uma arquitetura plantada para separar a costura das ruas, antes de chegar ao terminal de ônibus, um improviso da engenharia avançada de um país como esse, que cedia relutante espaço para exposições artísticas. Duas fotografias enormes estampavam o rosto de uma mulher séria, abraçada a um homem com o rosto escondido em seus ombros. Os olhos fixos da fotografia me fizeram parar para ler as letras pequenas. Contavam algo que não compreendi completamente, sentidos meio apagados. Talvez algo sobre morar longe, sobre imigrantes, sobreviver, alguns trechos em inglês. Foi tudo que consegui. Logo ao lado, um carro-camburão engolia três homens algemados. Um policial gritava irritado, apreensivo catando olhares nas proximidades. Só eu o observava. Ensaiei continuar caminhando. Um dos homens engolidos pela raiva policial gritou algo dentro do carro. Olhei para as fotografias de dois metros à minha frente, o frio cerrava os olhos, os meus, aumentava a potência das sombras do meu medo. O sol tímido não dizia nada mais que me aquecesse. A mulher fotografada talvez estivesse preocupada, naquele seu passado eterno, com algo maior que incômodos como o meu. O carro da polícia arrancou o silêncio de parte do bairro, sem piedade. O grito escapou de dentro. Talvez ainda o homem.

O sol sem coragem arrancava de mim uma sombra, que se projetava dentro dos passos me seguindo, até eu entrar no ônibus, descansar as costas tensas e ver o tempo correr até o futuro de portas abertas.

Ao acordar no quarto seguinte, outro dia, já era outro mundo. Recordei todos os lares enraizados e interrompidos em mim, que acompanharam meus modos de escapar, e suspirei, doloroso e livre. Então esta é a minha vida.

Uma boa pergunta: *Para onde ele está indo?*

Como é que ele sabe tão cedo que meu corpo é um perigo?

O menino não parecia mais criança ao lado daquela mãe. Havia o buço escurecendo os modos de rir quando eu o cumprimentava. Ele parecia distante, o tamanho esticando os braços e pernas, a reticência do olhar ao me sentir abraçá-lo num cumprimento que já não durava mais doze anos. Ele dizia *Sai daqui!*, e a mãe ouvia e fingia não entender, minha amiga. Eu havia visto o menino crescer, e agora aqueles modos perigosos de ser criança.

Luiz parecia nascendo quando sua mãe o tratava indulgente. A primeira vez foi quando ele perguntou se eu era *viado* assim porque eu queria.

Estávamos tomando café fumegante; ele tomava uma coca-cola. Uma cafeteria debaixo de árvores dançando cabelos frescos numa praça movimentada. Estávamos conversando, todas amigas, sobre a viagem que cada uma havia realizado. Ao fazer a pergunta, a afirmação irritada ali contida era um tanto clara, e também novidade na boca do menino. Minha amiga cuspiu o café para dentro, entredentes, o olhar fechando portas para o filho. *Que é isso, garoto?* E riu. O constrangimento permaneceu flanando, com o ferrão eriçado, e o menino quis experimentar mais vezes em mim aquele veneno que já havia me deixado corado, engasgado em humilhação.

Não respondi. Coloquei a mão depois do quente do café em seu ombro direito, gesto que ele recusou. As outras amigas tornavam-se, a cada gesto, uma massa fechada de vergonha. A mãe olhou para o filho vociferando algo que só na intimidade costumavam trocar, talvez o mesmo direcionamento pedagógico dado às alunas e alunos na Organização onde trabalhava. É uma mulher gentil, de uma assertividade arrebatadora; as alunas querem ser como ela, os alunos pretendem entendê-la um pouco mais a cada ano. É isso que ela faz, abrir curiosidades inspiradas, todos os dias, de segunda a sábado, enquanto o filho joga videogame e grava vídeos para o You Tube, e seu marido faz absolutamente nada sabe-se lá exatamente onde num outro plano.

— Você não me respondeu. Ele insistiu.

— Eu nasci *viado*, Luiz!

— Ainda bem que minha mãe não tinha isso nos genes dela, né, mãe?

— A minha também não tinha.

— Claro que tinha... olha você. Soprou num canudo de metal um furacãozinho com os lábios rosados e a co-ca-cola borbulhou até a borda, naufragando um último iceberg cortante. Os olhos azuis do menino queriam me ver afogado.

— A gente é o que é, garoto! Acho que tentei engrossar meu jeito todo no corpo.

— Filho, que jeito de falar é esse?, disse Diana. Virou--se para mim e continuou: *Não precisa chamar a criança de garoto com esse tom*. Depois segurou forte a minha mão, minha amiga.

Fervi e desmanchei. Meus pés tremeram.

Quando minha mãe morreu (uma corda, a boca bem aberta engolindo a casa vazia), minha amiga, Diana, esteve comigo. Ainda éramos recentes naquele início de ser presente quando mais se precisa.

— Minha mãe disse que eu preciso ter cuidado quando estiver sozinho com você...

Luiz, ela gritou uma xícara de café estilhaçando na balburdia que se aglomerava na praça, *O que você está fazendo?*
– Mãe, você disse que teu amigo podia mexer...
– Para com isso, garoto!
– Não me chama de garoto com esse tom...
Eu não acreditava que estava mesmo ouvindo aquilo. Ou acreditava tanto que a negação parecia uma realidade paralela assumindo caráter de emergência, nublando e confundindo luto com um tipo de surto maníaco. Tensionei meus movimentos, tentando controlar o que quase escapava de mim, os choros aprendidos trancados depois de tantas casas escapadas, empregos acomodados em salários que pagavam a minha comida e meus quartos, cidades sem contorno no desejo que sempre mantive de seguir quando qualquer dor invadisse meu lar, meu corpo, meu gozo.

Minha amiga tinha mais dois amigos como eu, perambulando em rumos onde reinventar a família era um caminho sem volta e a única saída. Eles tinham desaparecido, ela dizia. Aqueles sumiços abriam feridas em Diana; em mim, ela via um tipo de cura; um desperdício, mas um tipo de cura.

O filho, desde os sete anos, sabia pela mãe que uma namorada para um menino, e uma família naquela casa, era o que melhor se poderia esperar, inclusive de uma criança. E as namoradas?, eu a ouvia perguntar aos nove anos do menino. Cheguei à casa, ele tinha cinco anos. Luiz abobalhava todos os fantasmas trazidos comigo. Meu marido havia sumido dentro do meu amor complacente, depois de quinze anos juntos, depois que meus pais morreram numa cidade menor que o coração da criança, parecida com todos os nossos quartos sozinhos.

A casa de Diana, minha amiga, seria a terceira casa tornada morada, desde que saí da última onde acabaram meus sonhos. Não havia emprego suficiente para os meus trejeitos, eles diziam, meus chefes. Eu erguia movimentos inquestionáveis para levantar modos de ser como eles, o corpo grosso, a postura firme, e nada os fazia acreditar que eu pudesse ser, como eles queriam, digno.

Diana morou com aquele filho e o marido, que se chamava Luiz também. Esses jeitos de transmitir histórias em família. Luiz chorava todas as noites, o filho. Pai e mãe levantavam juntos, castigados por madrugadas intensas como um meio-dia, compartilhando o seio sugado da mãe e o ninar robusto do pai. Eu acordava junto e ficava longe, no quarto de hóspedes, aprendendo a delicadeza de poder ser útil, na esperança de ser amado, algum dia.

Quando Luiz, o pai, morreu, o filho e eu brincávamos de algo bem entediante, junto com um namorado que eu tive na época. Ele tinha unhas compridas e cores extravasadas nos cabelos, e ria como criança. Acho que por isso Luiz, o filho, gostava tanto dele. O pai não gostava, o Luiz. Não morreu por isso, eu acho. Resmungava, desobedecia as súplicas de Diana, questionava constantemente. *Quando ele vai embora? O que eles estão ensinando para o nosso filho?* E nunca ficávamos sozinhos com a criança. Diana tinha sempre algo muito demorado e intenso para fazer por perto quando eu e aquele namorado ficávamos em casa.

Eu preparava o café para Luiz. Talvez eles não soubessem. Eu gostava do cheiro, a lembrança dos meus pais, dos pais desses, de quem não gosto de falar, e por isso minhas amigas me chamavam de misterioso. É só receio de afundar e não vir à tona. Acordava cedinho, quase dia, deixava tudo pronto: café fervendo, pães multigrãos, geleia sem açúcar, azeite, leite de amêndoa. O cheiro daquela natureza que eu inventava trazia a ruína da casa dos meus pais de volta. A casa silenciosa de Diana se acendia nas manhãs acordadas por mim, o hóspede. Gostava da ideia de que eu acordava aquela casa. A estranheza amiga se encolhia enquanto eu organizava uma disposição a mais parecida possível com Diana, que despistasse Luiz, o pai, e acolhesse o filho. *Que bom que o café ainda está fervendo*, o pai dizia ao acordar. O filho soprava o interior da xícara até o calor se dispersar completo. *Odeio café quente*, resmungava divertido, *mas o gosto está sempre ótimo.*

Quando o marido morreu, ninguém conseguia dizer onde as chaves de todas as portas foram parar. Diana contratou um chaveiro, que fez cópias, arrombando as fechaduras antigas. Seis portas, muito dinheiro, ela disse. O chaveiro fez gracejo ao se despedir de Luiz, como se esse fosse adulto, deixando a casa toda acessível. Esperamos Diana gritar fúrias e lamentos dentro da casa, antes de entrarmos. Nem tudo estava no lugar, nem a morte de Luiz, o pai, mas agora ela tinha as chaves.

Dois anos depois da morte do pai, o Luiz, Diana fazia do trabalho um tipo aborrecido de caridade. Nunca entendi. Cuidava de crianças com aulas ofertadas por uma organização caridosa. Doações, atividades beneficentes, rodas de conversa, intrigas com grupos que lutavam para conservar o que Diana chamava de estrutura familiar falida. O pai, aquele Luiz, achava tudo isso cansativo, uma aborrecida perda de tempo. As chaves eram de Diana; eu suspirava ameno.

Ouvir o filho, o Luiz, aborrecer dúvidas que nem eram tão diferentes de afirmações perniciosas, aos doze anos, depois de me gritar tio após quedas e sangue nos joelhos, me deixava triste, como se nunca tivéssemos nos amado, da parte dele, ou como se fosse comum ao amor massacrar um pedaço frágil de uma relação sem laços de sangue como a nossa.

– Eu nunca disse a você...

– Ah, mãe! Claro que disse: *Quando ele estiver aqui, se encostar em você, se afasta, presta muita atenção no jeito que ele encosta em você*. Luiz contava isso revirando os olhos, encenando uma máscara da mãe muito pior que a verdadeira Diana, torcendo os lábios num escárnio que jamais pude imaginar possível para uma criança como ele.

Diana não soube mais o que responder a Luiz. Eu já não estava mais ali. Ela parecia não mais se preocupar com qualquer reação minha. Voltou o corpo unicamente para Luiz, que me chamava de *viado* enquanto borbulhava refrigerante fervido naquele calor de apocalipse naquela cidade efervescida, perdida naquele pedacinho de sujeição.

Nossas amigas perderam seus nomes, seus rostos, a coragem, horrorizadas que não conseguiam apoiar a amiga amada e a criança que achavam uma candura numa fase insuportável. Eu continuaria como o amigo indecifrável e sem prestígio.

Antes de levantar, sem saber o caminho que me esperava (As portas da casa estavam fechadas em Diana) derramei o resto do café no sorriso de Luiz, que eu já não sabia se o pai ou o filho, e disse, numa calma tão forçada quanto o progresso liberal da história de Diana: *Que criança é essa que já sabe tão cedo que meu corpo é um perigo, mulher?*

Ouvi Diana gritar para as minhas costas, cortante, desmoronando, *Sua bicha imunda, trata de arrumar outro lugar pra morar! Sua porcaria de gente, tá ouvindo? Como é que você faz isso com uma criança, seu viado nojento. Só podia ser bicha!*

A voz de Diana foi sumindo, longe, e eu podia imaginar tudo o que ela continuaria a falar ao pai morto e ao filho sobre mim. Ela ainda tinha as chaves de casa.

É uma pena que o café, que escorreu pelo rosto de Luiz, não estava mais fervendo.

Você entende o que quero dizer quando falo sobre o medo?

Não expulsamos de nós nenhum de nossos nascimentos, desde que nos conhecemos e viemos morar no centro da cidade. As brigas importunavam a fantasia mantida durante o nosso primeiro ano juntos e isso nos acusava de homens comuns. Olhávamo-nos sérios esperando o amor dizer mais do que sabíamos.

Antes de nos beijarmos, à noite, falávamos sobre a minha mãe viva e a sua mãe enterrada; sobre o meu pai fugido e o padrasto que nunca viveu na minha casa, e as suas quatro madrastas cansadas da esposa que não parava de morrer, até que morreu ontem. E por isso falamos sobre suas irmãs chorosas lamentando o fastio daquela morte recente. Os pães velhos ressecados sobre a mesa, as taças de vinho chorando suas manchas de batom nas bordas, e a nossa casa abrigando o velório inteiro. A sua família parecia ter morrido ontem, junto com a mãe. Ele entrava e saía do quarto, o nosso, pedindo Você precisa descer e se despedir das minhas irmãs. E a sua mãe?, eu queria saber o que ele sabia daquele tempo escorado na tristeza travando todas as horas do dia. *Ela morreu, ué!*

Ele queria que eu me despedisse das irmãs. Eu cansado de vê-lo cansado, não queria mais vê-las dentro da nossa casa. Não queria vê-las ocupando a morte da mãe pesando na sala, e o tapete de veludo gasto todo aspirado, limpo, e a mesa de jantar com oito lugares dignos das lembranças das gargalhadas das bichas frequentadoras das nossas sextas, que ontem não vieram. Quase disse *Sua mãe precisava ter morrido ontem?*, mas não disse, por medo de vê-lo acabando um pouco mais a cada dia como a mãe.

Passamos quase uma vida toda dos nossos trinta e oito anos tentando desocupar nosso nascimento. Depois de nos conhecermos, todos os dias desabrigávamos uma tristeza diferente; até que parecíamos nesses modos de carregar injúrias. Contávamos sobre nós, todos os dias, depois do trabalho (ele, quantitativo, desengavetando arquivos e queixas, decisões e pesares, e eu arranjando cores para resgatar imagens de pessoas e suas outras pessoas preferidas); todas as noites o céu entrava na nossa casa cavalgando uma rajada firme de ar, esvoaçando os seus cabelos castanhos, e ele perguntava se eu entendia mesmo o que ele estava querendo dizer.

Eu entendia, mesmo, o que ele queria dizer. Éramos tão jovens quando nos trancaram num quarto modorrento cheirando a terra podre e carne exposta a sol a pino, durante dias, enfiaram no nosso corpo medos e aspereza de línguas sebentas, e os dedos maiores eram sempre os mais difíceis, *Tu não é mulherzinha, hein?*, não era isso que tu queria, e nós pensávamos *Acho que eles estão falando qualquer coisa sobre o amor*, e doía. Eles encostavam a boca roçada de noite, capinada, a terra afundando mais um segredo e diziam *A bichinha quer um beijo, quer?*, e eu queria.

O Felipe contou que não queria, que tinha nojo, que passou anos tentando arrancar de dentro esse jeito de morrer. O Felipe achava que se fizesse o corpo sangrar um dia todo, os homens esvaziariam de dentro dele, depois as lembranças murchariam, e ele escaparia para algum tipo de futuro. Ele tentou quatro vezes. Foi parecido comigo, muito parecido. Foi diferente a parte do beijo (os homens, em outro tempo, outra casa, outra família diferente do

Felipe). Aceitei o beijo, eles vieram um a um enchendo meus olhos de ranho e ira, jogaram as alianças douradas pesadas fora, encheram meu corpo de dez anos de pés e dedos, jogaram para dentro a casa desmoronada em que viviam; eu tossia e sentia as portas rangendo e um monte de mulheres despossuídas escapando gritando *Não faz isso comigo*. Eles sussurravam como se eu não soubesse guardar segredo: *Bicha merece mais o quê?*

Eu entendia o que o Felipe queria dizer, mesmo calado a maior parte dos dias. Mesmo depois do cansaço desse morrer da mãe que se arrastava de ontem até agora. O Felipe preocupado que as irmãs podiam desaparecer porque julgava que eu as desprezei. Ele não entendeu. Ele, sim, não entendeu o que eu quis dizer, desde que estamos morando como se fosse o primeiro dia juntos. Ele nunca entendeu os motivos de eu tentar arrancar da casa iniciada em nossa boca, depois dos abraços e cuidados, o nosso nascimento, aquela profundidade de lar caindo, sufocando as crianças que fomos, e aquele quarto escuro onde nasci de novo aos dez anos, aquele outro quarto escuro onde ele nasceu dos seis aos doze anos. *Quantas vezes você pensa que nasceu naquele quarto sua infância inteira, Felipe?* Eu sabia que ele tentava contar as dores nos dedos, a quantidade de homens domesticando um corpo que só chorava, a quantidade de vezes em que as irmãs chamaram-me de culpado, *essa bicha*. Eu dizia *Felipe, essa dor toda não cabe na nossa casa*, e o abraçava, fazia-o deitar no sofá, enquanto ele sumia na palma da mão, a minha.

Ele nunca entendeu.

Ainda acha que expulsei as irmãs. Acredita que expulsei a morte da mãe, que agora está enraizando na nossa sala de jantar com mesa para oito lugares, o lugar onde o caixão velou o corpo da mãe, apodrecendo cada minuto ao contrário, cheio de rancor e afeto pelo filho casado com um homem como eu. *Pensa que eu não sei que é tu que vai bancar essa bicha?* E agora o Felipe acha que a porta de casa deve estar sempre aberta para o corpo continuar esvaziando todos os nascimentos que ele não esquece.

A mãe do Felipe morou conosco por seis meses. As filhas, irmãs dele, não conseguiam ocupar o tempo dedicado aos maridos com aquela mulher de tosse feroz, um mal começado nos pulmões e finalizado nos modos de pedir socorro. Ela viveu esses meses, até ontem, no quarto de hóspedes. A quarta e última esposa havia-lhe deixado alguns anos antes, e parecia sempre um dia muito ontem e breve quando ela contava e escarrava *Mulher é tudo igual*; contava e escarrava *Eu não queria estar aqui nesse quarto apertado aos cuidados de alguém como você*, e escarrava *Que horas meu filho volta?* Contava e escarrava *Filho, me ajuda!* Então eu ficava em casa todos os dias limpando os barulhos desolados, as sujeiras inevitáveis daquele estigma recente que se tornava um inferno cotidiano: ela queria levantar sozinha, dizia que ia buscar o filho, queria ir embora, clamava pelas esposas, chorando, enquanto o Felipe gastava o dia inteiro decidindo vidas de famílias bélicas, e vivas.

No dia que ela morreu, Felipe demorou um pouco mais para chegar. A mãe engoliu o último choro e abandonou-se. Eu estava na porta sem saber o que fazer, liguei para a polícia e pedi uma ambulância. Percebi depois que talvez eu devesse primeiro ter dito para mim *Eu não matei essa mulher*, e depois discado para o serviço de emergência da cidade. Disse à polícia sobre o engano, depois consegui pedir uma ambulância.

Eu e a morte da mulher, a mãe do Felipe, nos encaramos por umas três horas. Velha, triste, insatisfeita, enrugada, sem fim, o corpo enrijecendo com uma vela que segurávamos juntos. A chama a conduziria por um caminho salvo até um lugar qualquer, maior que aquele quarto, mais ventilado, com um genro capaz de milagres, não um homem como eu que parecia sempre estar armando uma crueldade amarga para mães como ela.

A ambulância chegou trinta minutos antes de Felipe, que não chorou. Nem um pouco. Organizou documentos, roupas, ligou para as irmãs, limpou a sala, contratou a funerária e a floricultura, pediu flores sem cheiro e conseguiu um padre discreto capaz de uma despedida austera sem celebrações piegas. Só depois ele me deu um beijo.

– Eu não matei tua mãe!

– Que conversa é essa? Claro que você não matou minha mãe.

Mas eu também não soube salvá-la, Felipe. Aquela palavra, a que salva, o fez tenso por um momento. Talvez ele tivesse lembrado dos quartos escuros de nossa infância que deixaram os fantasmas de todos os nossos anos nos ensinarem a doer. Felipe sentia-se calmo com a farsa de uma mãe protetora sem qualquer gesto de complacência afetuosa, um afeto gigante de pelúcia no qual ele se agarrava aos trinta e quatro anos, lembrando dos homens que diziam *Agora a bichinha vai ficar aqui sozinha!* Nossas infâncias foram tão parecidas que a mãe parecia a mesma, menos aquela morte. A minha mãe havia dito *Faça de conta que morri*, fechado a porta da casa onde vivi até os dezenove anos, e até hoje não sei se algo se abriu naquela história.

Eu e Felipe sabíamos que superaríamos essas mortes, que estávamos juntos como um apoio para o outro, embora houvesse medo nos nossos abraços e do meu coração escorresse um desespero enlutado capaz de afogar qualquer esperança. Até outro dia acreditávamos que viveríamos para sempre ressentidos, culpando-nos, cada um do seu jeito, corpos desabando pelos desejos dos homens da nossa infância.

Minha mãe disse que sabia de tudo. Ele disse depois que a morte da mãe descansou um pouco. Acho que ele quis me contar depois da mãe enterrada para que eu não tentasse ressuscitá-la e perguntar o porquê de ela nunca ter feito nada para defender o filho.

— E ela não fez nada?

— Você acha que uma mãe é o quê, um milagre? Um jeito certo de sempre salvar um filho, uma filha? Ela é só uma mulher. Além disso, por que nunca ninguém pergunta pelo que meu pai também não fez para me proteger?

— *Era* uma mulher, não *é* mais; ela era só uma mulher. Sinto que meus olhos soletraram essa frase com algum assombro, como se eu não soubesse do que era capaz.

Depois disso nos abraçamos. Ouvimos a casa gemer aliviada. Parecia alívio, as telhas esvaziando-se do calor de dezembro e o céu abrindo seus modos azuis de cair sobre nós. Deixei meus dedos deslizarem pelos braços de Felipe. Sentia o cheiro da mãe e da sua morte que havia abandonado o corpo do filho que ele era. Felipe nunca deixaria de ser um filho culpado e uma criança amargurada. Senti seus pulsos, as linhas grossas cruzadas de uma história cicatrizando, onde a vida gritou para fora do corpo tantas vezes.

Ainda acho que ele acredita que a mãe vai voltar, que ela vai parar de morrer e voltar a nascer aqui dentro.

Felipe acredita, mesmo me amando tanto, que expulsei a morte da sua mãe aquele dia.

Ele acredita que ainda sabemos nascer na morte da mãe.

Talvez Felipe nunca aprenda a fechar a porta do quarto, se eu não continuar por aqui.

No coração do meu pai,
um amor ruindo em perdões

O coração do meu pai era um muquifo que não recebia visitas e uma colônia de bichos invisíveis infestando os átrios. Algo nele não havia mudado, foi o que pensei ao vê-lo pela primeira vez nesses vinte e oito anos. Ele estava igual ao que minha mãe havia me contado? Como eu podia saber, se eu havia visto aquele homem apenas uma vez na vida, numa idade muito anterior às minhas memórias afetivas mais resistentes? Por isso conto sobre a primeira vez, tudo que não foi um sonho.

Eu sabia apenas três histórias sobre ele: a cocaína e o vício; os livros do Torquato Neto na estante; o dia em que ele abandonou minha mãe e foi viver com outra mulher. Minha mãe tinha vinte anos quando meu pai teria fugido, sumido, distorcido a casa dentro dela. Ao me contar, a primeira vez, sobre meu pai, eu tinha oito anos. E minha mãe parecia ainda ter vinte: o jeito que suas lágrimas esperneavam e pediam para viver em mim. Tudo o que veio depois, as narrativas, foram variações dramáticas daquelas histórias cruzadas, interpostas, sobrepostas, dependentes, cansativas e exageradas.

Além de sufocante e apertado, o coração do meu pai abrigava uma fratura, do alicerce ao céu ocupante do teto da sua sanidade; uma rachadura vazava algum choro nunca revelado a ninguém. Ao entrar na quitinete, senti um peso consumindo a força das pernas. O que eu vim fazer aqui, se eu nem conheço esse homem?, foi a pergunta nascida em mim que estranhamente o fez sobressaltar os olhos e mirar o corpo tremendo, o meu. Então é você, ele disse, e correu solto em um abraço com cheiro de canela. Meu pai cheira a canela, pensei sem saber abraçá-lo.

Minha mãe tinha encontrado a miséria que ele havia se tornado, na rua, empurrando ferrugem numa bicicleta, carregando o peso de uma casa num mochila imunda. Eu chamei teu pai para vir aqui, minha mãe chorou para me comunicar. Ela havia convidado aquele homem que eu nunca conheci como uma história real válida para visitar o meu apartamento. Não morávamos mais juntos, eu e minha mãe, há anos, desde que eu disse Mãe, são dois namorados que amo, os meus, e ela berrou possessa transbordando frustação Não bastava ser viado apenas de um homem?; e tentou dissolver diazepam na veia, três vezes, sei lá como; a casa estremecia diante de seu ódio voraz, firme, sufocando a cada dia a imagem de mãe capaz de perdoar tudo.

Sérgio e Vinicius não aceitaram que aquele homem, o pai, o meu, me visitasse. *Você nunca o viu Ele abandonou vocês Ele vivia na rua E se ele quiser tudo que você conquistou com tanta luta? Só podia ser iniciativa da sua mãe!*, sem respirar um só gole, eles não cansaram de me dizer cuidados. Não cansavam de repetir ao longo dos dias e noites, com suas bocas molhadas de beijos de desculpas e benevolência; os dois homens amados com que eu vivia amavam suas famílias e festejavam reuniões clichês onde homens noel e coelhos sacudos de chocolate perpetuavam pacificações e eternidade.

Depois de algum tempo, em que a casa, a nossa, ocupa-va-se de silêncios resmungados, foram rápidos ao dizer *Seu pai é problema seu*, o que ecoou no apartamento da minha mãe, uma zona sul muito distante daquele casal-mais--um-que fomos, fazendo-a repetir em tom semelhante *Seu pai agora é problema seu.* Agora. Só agora. Então por que vocês me trouxeram para esse amor que eu nunca quis? Ele morava nas beiradas da cidade, a distância de uma vida perdendo consciência. Ele só podia morar onde o vento dobrava a esquina despenteando cabelos e gritando desaforos. Ninguém aguentava mais conviver com aquele homem, por isso a lonjura, o silêncio ao redor, durante o dia; à noite, uma comunidade de grilos em festa. A história nunca contada pela minha mãe, até aquele dia: ele teve dois filhos. Esposa e filho levaram-no para muito longe, outra cidade, havia praia, mar, e sal quando riam. Depois descobriram a loucura no homem: o governo o perseguia com agentes perigosos que haviam recrutado os filhos, duas crianças de seis e oito anos, para matá-lo, e então as punições, os gritos e ofensas, as surras e o sangue, os dentes partidos, os rostos infantis torcidos contra mesas e paredes, a infância trancada numa casa confortável, limpa, gigantesca em seus seis quartos, dois andares, e a praia visitando bom dia, boa noite, como vai tudo bem. O inferno com móveis planejados e iluminação inteligente.

Depois teria vindo a cocaína desejando mais que os ápices de seus surtos, rios de fogo escorrendo pela casa *Socorro, me tira daqui, isso é coisa do governo*, monstros vestindo máscaras de militares esperando-o libertar os filhos. A mulher fugiu com as crianças dentro da noite, uma data qualquer, um dia em que os olhos daquele homem não queriam saber de mais nada a não ser do Diabo diante dele pedindo-lhe um sacrifício em família.

Parado em frente ao rosto do meu pai, olhos queimados de dúvidas, e um semblante de quem tem sempre algo despencando dentro de si, lembrei-me daquilo que minha mãe havia me contado no dia anterior, depois de me entregar a informação e o endereço, além da notícia de que iria embora para bem longe. *Eu pensei que isso só acontecia em filme*, eu disse, me referindo a esse drama todo se esticando entre nós prestes a alcançar a realidade para feri-la. *Eu também pensei que essa coisa de filho bicha só acontecia em propaganda na TV*, ela disse. E fechou a porta. Que canal de TV ela anda assistindo?, resmunguei.

Eu havia ouvido falar dessa loucura toda, a do meu pai. Não sabia que cheirava a canela, doce, calma. Ele pediu para eu desligar o celular, assim que entrei. Sabe como é, filho, o Governo rastreia tudo, e riu crescendo os olhos e as mãos armando antenas com os braços. Como ele sabia quem eu era?

Apavorou-me a ideia de que fôssemos parecidos, e que corresse nos pedaços que doem em mim, e não apodreceram como os dele, uma farpa envenenada daquilo que ele se tornara: amedrontado, sozinho, perseguido, ocupado sem fim por um coração onde não morava mais ninguém.

Pai, você está bem?, eu quis dizer para ouvir minha voz cochichar dentro dos espectros incorporados àquele lugar. Eu tive medo de que ele visse em mim a intrusão que já foram os seus outros filhos; eu quis repetir Pai algumas vezes, a voz escondida no passado, talvez esperando que o homem narrado pela mãe, aquela partida, acontecesse na minha frente e desocupasse a loucura daquele estranho de modos ridículos, e voltasse para uma casa que nunca tivemos.

Vou fazer um chá pra você, tudo bem?, Canela, pode ser?, ele quis saber, e engatou uma dezena de outras perguntas nas quais me perdi, enquanto olhava para as panelas espalhadas pelo chão, brilhantes, atuando como móveis, modos de ser mobília, roupas dobradas e limpas dispostas sobre um sofá numa montanha que se armava como um guarda-roupa de algodão, sem portas.

Não havia móveis, apenas duas cadeiras. Talvez alguém o visitasse, talvez esperasse por mim, ou soubesse que o filho entraria no coração sozinho e o chamaria de pai, sentado numa cadeira espaguete vermelha e uma xícara ardente de chá de canela soprando alguma compaixão para os nossos espaços vazios.

Eu o observei preparar o chá, meticuloso. O rosto apertado entre duas manchas queimadas nas bochechas, os cabelos penteados numa quase careca deformada. Ele conversava com alguém que o pressionava de um jeito familiar. Ele dizia Calma, meu bem!, e apertava as mãos, depois olhava para mim pedindo que eu não fosse embora. A porta aberta recebia tudo que vinha de fora e era quente cheirando a madeira ardendo.

Eu quis contar sobre meu namorado, que se apaixonou por outro homem, e como tentamos viver daquele jeito três corpos pedindo paciência, seis mãos agarrando sonhos à noite, descascando as feridas de nossas famílias antes de dormir, e como eu acordava quase todas as madrugadas para vê-los abraçados à falta que eu fazia ao sair e ensaiar um nunca mais volto aqui. Eu quis falar sobre a minha mãe. Eu quis contar sobre os meus avós enterrados na mesma sepultura dos seus pais e avós, sobre a nossa casa apodrecida em memórias, sobre como precisei ir embora morar sozinho numa vida que curava meu corpo e costurava chagas plantadas na infância. Eu quis perguntar sobre seus filhos, a casa onde viveram. Eu quis saber sobre seus livros do Torquato Neto. Eu quis contar sobre o que a minha mãe havia dito sobre ele, e que era sobre nós. Eu quis contar sobre os anos de fome, como emagreci e chorei. Eu quis contar sobre como eu estava bem, aos vinte e oito anos, trabalhando e desocupando a eternidade com uma bondade que exigia de mim hora extra e uma folga na semana. Eu quis dizer sobre meu nascimento no corpo quase morto da mãe, depois que ele a abandonou, e de como a casa onde vivíamos adestrava o fantasma da sua ausência com bondade: a sua falta me servia café e um ovo frito com cuscuz ensopado em manteiga, depois saía para trabalhar gritando *Se eu não voltar, você já sabe*, e minha mãe chorava trancando a perda a sete chaves.

– Filho, você quer açúcar?

– Quero, sim.

Ele sentou a quietude da sua bondade cheirando a canela, na minha frente, algo maior ardendo ao redor, e contou, sem dizer mais qualquer palavra, o que eu precisava saber.

Fechei os olhos, senti a casa ruir, e soube que o coração do meu pai cairia em perdões antes de morrer. Olhou bem dentro do que eu conseguia sustentar diante dele, e ali eu soube que seríamos cada vez mais sozinhos.

Alicerce e ruína

"Ali a vida parecia transcorrer debaixo d'água, como já disse, e é certo que ali sofri uma transformação oceânica."

O quarto de Giovani, James Baldwin

"Achei, naquele momento, que nunca amara ninguém além dos meus pais e daquelas duas pessoas. Talvez a gente nunca se recupere inteiramente dos primeiros amores. Talvez, na extravagância da juventude, a gente dispense nossas devoções com facilidade e quase arbitrariamente, partindo da suposição errônea de que sempre teremos mais para dar."

Uma casa no fim do mundo, Michael Cunningham.

Morar no céu

Escrevi essa carta no ar, mãe, os dedos atravessando os ventos que carregam gotas do que vem de cima e ainda não é chuva. Daqui de cima, os pés largados do maciço da ponte, delineio as palavras proclamadas que tu nunca quiseste ouvir. Se jogo meu corpo para cortar o ar, corto também as palavras dançantes que não se recuperam do golpe, e caio, para chegar ao fundo de mim, na correnteza do corpo do rio. Caio, mãe, e é impossível explicar como ainda consigo contar para ti a minha tristeza escorrendo na velocidade das águas, esbarrando pelas pedras e quedas, e eu chorando tão alto e a raiva do rio acontecendo para eu me calar, que a natureza é a única que pode reclamar fúrias e desajustes.

Nunca aceitei viver apenas como filho nascido para ser nada mais que homem, guardado no útero seco da tua velhice que nunca cuidou da própria vida para ser nada além de mãe. Nunca aceitei que tu nunca tivesses cuidado de ser uma mulher de alegria inflamada com os amigos à volta, um amor que te elevasse a existência. Sempre mãe, mãe, mãe a pretender a felicidade do filho, se contigo, e apenas contigo. E me agarravas com chantagens e ameaças escondidas na passividade do amor.

Precisei dizer-te mais de mil vezes ao longo desses trinta anos o quanto meu amor existia também para outros homens. Tentei contar sobre cada um deles: o frívolo, o romântico e o abusivo. Tu te recusavas sem meneios, desenterrando tuas margens, a vestir a condicionalidade do teu amor de camadas; no começo, gritavas, ameaçavas cortar o corpo; certa vez, correu mundo afora, destemida, recusando o filho que ama além da mãe, depois da casa.

E é no ar que escrevo, mãe. É no ar que começo a cavar o fim. Encontro palavras cruas, os afetos e as displicências expostas que tinham outros nomes, quando circulavam entre nós sob outros contornos: amar como sufocar; cuidar tornou-se sacrifício; compaixão: tínhamos que suportar a expectativa um do outro.

Sinto no corpo o ar abrindo-se esplendoroso. Pela primeira vez consigo gritar todas as dores. Os que assistem talvez vejam os volumes do meu sorriso, a proporção e o som, possível que confundam com desespero, esses limites contraditórios despojados nas nossas vidas sempre foram atenuados: tristeza e euforia, insegurança e nossos ditos sobre não nos suportarmos, e a culpa.

Vejo o sol tentando aparar meu voo, sinto o ar feito uma rede sagrada tentando sustentar o peso da queda, e minhas mãos resistem a escrever todas as palavras que agora grito; as palavras não se desmancham, permanecem místicas, e vão durar dias, uma vida inteira. Estou dentro disso: escrever palavras no ar enquanto caio e afundo. E agora, aqui, afundo no rio abaixo da plateia, que corre sobre a ponte de madeira, deixo o corpo frio submergir um golpe violento e a água esperneia superfície acima estalando o encontro com os solares raios que seguram delicados as palavras suspensas que deixei para trás.

Com o corpo a avançar sem relutância percorro muitos quilômetros de céu. Não há o deus amparador de sacrifícios; não há o demônio soprando na decadência das ideias o martírio, o que existe é a eterna incompreensão dos teus modos de derrotar meus sonhos. O eterno é a vingança da tua maternidade repetindo-se em todas os nãos que me foram impostos, as proibições, a gentil cautela ao dizer que foi por amor, mas foi por medo, tudo; e empenava os olhos e os gestos ao sufocar a imagem do que eu realmente sempre fui: o inesperado em trejeitos que não, nunca comportaram o homem que tu esperavas como filho. O homem da família, nunca, nunca.

Há uma continuidade em todas as mães que cruzaram o percurso das minhas fugas para longe das tuas buscas. Todas as mães atravessaram minhas culpas com vexames soterrados nos cuidados. Diziam como não aguentavam ter filhos como eu, e às vezes me abraçavam mais para apalpar o sentido da miséria e agradecer à ordem do universo por suas crias não terem rompido a natureza do amor como eu havia feito, agradeciam pelos filhos terem continuado próximos, cediços, guardados em gestos de compreensão, diziam muito sobre respeitar a tristeza camuflada cuspida quando eu ria: É que quando é na nossa família, é difícil aceitar, e só depois respeitavam minhas mãos tensas sobre a base da raiva para evitar desmoronamentos.

Isso é muito do que me faz cortar o céu com o voo do corpo, mãe, e inventar uma carta escrita no ar, os dedos num levante abstrato, a queda escandalizando as vozes que ressoam nos corpos ocupantes dos automóveis que freiam a urgência, e as bicicletas trombam nas poças d'água e tornam-se audiência para o amor de filho que desiste da busca materna. Mãe, se eu não cair agora, um de nós adensaria um longo fim do amor, um aprofundamento das sombras estranguladas de memórias da infância, quando me tinhas, e eu, desprovido de pertença autônoma, era só teu.

O homem que aprendeu a encharcar meu corpo foi feito por todas as mulheres habitantes da casa. Vacilar sobre o piso escorregadio, o chão encerado com cautela, os móveis aprumados com candura, os gritos de uma infindável insatisfação se o almoço não estivesse pronto, se o jantar não estivesse quente, e todas elas corriam com o dito toque feminino ensaiado nas arrumações. Os batons espalhados pelas gavetas misturados a peças de intimidade e seda, minha curiosidade escondida atrás das portas enquanto elas sussurravam seus desastres pessoais, algumas riam, outras esperneavam uma raiva desmesurada, eu quieto aproximava-me quando o quarto ainda resfolegava o desassossego deixado por elas, as camas amarrotadas de impulsos juvenis e eu roçando a pele infantil na quentura da lembrança dos corpos, remexia as gavetas e lambia os batons para em seguida contornar os lábios com a cor da inocência. Era quando tu entravas no quarto e me vias menino de boca em carne e juventude imitada e desesperada num segredo que te revelaria incompetente e a mim tudo menos menino bom, arremetias sobre meu rosto teu vestido até descascar da minha infância as mulheres da família. Age feito homem, desgraçado, e a voz abriu um foço no peito e os ecos da infelicidade afundaram em mim.

Por que não fugimos ali, mãe, por que tu não me arrastaste pelo braço na tua distância, por que não recuperou os milagres que glorificaram teus incansáveis modos de lutar e levou minhas dúvidas inocentes para longe?

Diante da queda cortante que agora eternizo nos olhos da plateia, sou derrota.

Tenho seguido o mistério de nunca ter fim. A história que conto ainda existe na tristeza dos que me viram afundar e sumir. Todas as palavras escritas no ar ainda estão lá. E espero que para ti seja como uma carta de amor.

Porque acabar não dói, mãe.

Nascemos nos braços velhos da casa

O quarto soprando quentura e a tristeza da mãe. O espaço montava-se passagem entre o sono e o acordar dos meus avós. Eu perguntava e todas as crianças diziam Ah! Lá em casa também é assim. Acordávamos com o despertar dos adultos, os quartos se desmontavam em casa, as redes e os sonhos famintos que tínhamos erguiam-se e agarravam-se nos armadores de ferro. Dali até a cozinha, oito passos, tudo pequeno. Café escorregava da chaleira agoniada, caía nas xícaras escurecidas, ríamos dos avós e a saudade dos dentes, e os vazios em suas bocas riam ocos escuros. As galinhas cacarejavam o despertar do dia, o dia sacolejava o amanhecer da fome, a fome esbravejava o desarranjo da casa, que abraçava nossas meninices com o risco de sair. Nascemos nos braços velhos dos nossos avós, que eram pais de nossas mães, que só sabiam ser mulheres e cuidar do resto de nossas vidas.

Os tropeços foram os menores golpes

Aos tropeços, ela não sabia estar além da mulher que a ensinaram. Eu dizia isso para mim e parecia maltratá-la mais um pouco. Haviam dito que se fosse mãe, maravilhas chegariam. Que o pai da criança tivesse sumido, que suas irmãs a berrassem escrota, que a cidade menosprezasse o cansaço do corpo sustentando a criança agitando sua juventude, não importava. Disseram que se fosse uma mãe suficiente e boa, haveria algum tipo de perdão, ou complacência, que se a criança crescesse e fosse menino, as chances de que seu futuro sofresse um solavanco milagroso seriam maiores.

Os tropeços foram os menores golpes. Depois do filho, as dores de parir uma fantasia machuram-na em cantos sombrios. Não havia, o bem da verdade é esse, sombra no amor que desconhecia no filho. Os dedinhos choramingavam acalento, ela tentava entender e dizia-se tranquilizar, soprando na criança um tanto de choro. Acalentar é quê, engasgava a mulher, debruçava-se sobre o magro do choro do filho, enfiava-lhe o peito na boca, pensava toma, é isso acalento. O grito da criança mastigava a noite, os ventos de fora roucos de rezarem pressas agoniadas, e a mulher em desespero, é preciso acalentar. Dentro da casa, as irmãs repetiam Eu sabia que essa puta não devia ter tido o nascimento do menino.

O menino cresceu. A mulher ensaiou: Mãe, respeita a tua mãe, e aprende que homem é quem salva uma mãe da maldade, e aprende que mulher se contorna é no cabresto, caminha feito homem, menino.

O menino esticou ossos e olhos para o mundo. Abraçava a mulher escorregando para baixo da saia apontando é diferente aqui. A mulher agarrava a noite da criança, dizia filho para dormir, e já sabia pesadelo para o resto da vida.

O menino apareceu morto, o corpo estirado carne viva, tudo quanto foi buraco. E diziam Mas também, num era homem, mulher, tu não sabia criar o menino.

E só na morte foi mãe: queria o filho de volta dentro. Se tu crescer em mim, filho, juro que te faço homem, e ninguém nunca vai te fazer sangrar assim e acabar assim, mulher como eu.

A herança da casa

O menino mamava nas noites do peito de Maria. Mamava a noite inteira, sugava a vida da Maria que deixava os filhos do lado, do lado de longe da cidade, para dar vida ao menino filho da dona da casa. Maria vivia num quartinho rançoso durante o dia, num canto da cozinha, deixava a muda de roupa no canto do quarto e cozinhava da madrugada ainda acordada da manhã ao bocejar do sol se pondo. O filho, o outro, pendurado branco no corpo, Maria cantando, banhava o menino de suor, depois levava ao tanque, água até a beirada, e fazia o menino rir, e os filhos de Maria, longe, só depois das sete Maria matava a fome dos oito meninos sozinhos.

Maria ria, torcia a boca entre resmungo e compaixão; a criança toda alva, redondinha, chorando e a mãe possuída pela cama, por uma doença que disseram ser herança da casa. Não é a primeira das mulheres. Quer nem ver o menino.

O menino suga a noite de Maria, ela resolve ficar algumas horas mais um pouco. Manda comida para os filhos numa bicicleta montada pela primeira mulher que passa com uma trouxa-guarda-roupa na cabeça e diz Tô indo praquelas bandas, quer mandar? Leva lá e manda eles dividirem e lavaram tudo que sujaram tirar o torrado juntado do queimado nas telhas e o pó da cama. Ela manda e paga com dois sorrisos. Os filhos de Maria vão dormir um no sono do outro, cada um a casa do próximo quando acordados. Não tem espaço, mãe, e deitam na mesma cama os oito cansaços que são.

E o filho, esse menino que agora ela deu para chamar de filho e não é, ou é, Maria abraça, enche a boca da criança com o peito e o menino aprende a sorrir. Olha, acabou de nascer e já acha que dá pra sorrir para o mundo. Tua mãe tá doente, menino, toma o peito. Maria lava o menino, segura a criança e os baldes d'água, lava o chão, passa o pano molhado e varre atrás dos pés das mulheres da casa, comprida quatro quartos, só tem mulher nessa casa, e elas não cuidam de tudo como eu. Maria, antes do dia acabar, enfia a noite de si na boca do menino Tu vai ficar como meus filhos, todo cheio de coragem e calma. Maria clareia o brilho dos alumínios, enxuga tudo que está ensopado, tira as roupas do varal, todas, passa com esmero, sacode o menino agarrado na cintura, um apenso, imagina os filhos, se tivesse ali, ocupando a cintura, cada um ocupando um pedaço dela, vivos e calados sem fome, Maria uma casa, sempre cabe mais um, filho, ela sussurra fininho para a criança que parou de chorar, os olhos pendurados nos seus, de mãos dadas, como se vivessem no futuro onde Maria dá um nome, depois de dar o peito e espremer no menino a mesma vida circulante no corpo dos outro filhos.

Soube que tua mãe melhorou, menino. Já te chama de filho. A criança assume um berro de abrir porta no chute. Maria ri, chora, abraça o menino soluçante, berreiro aceso de saudade, e entrega a criança para a mãe, toda tremeliquenta esvoaçada, a cara de bicho assustado que diz: Tu ainda não terminou o almoço, Maria, que diabo de preguiça toda é essa?

A morte não para de acontecer

Parecia coisa de outro mundo a morte estendida sobre a bancada de aço e os olhos que observavam ou rezavam ou planejavam ressuscitar o mistério. O que disseram sobre morrer naquelas circunstâncias parecia impossível.

A mulher estagnada presa numa desolação que abanava arrependimentos. O homem olhava para ela, que não olhava para ele, tangentes, a máscara no rosto buscando encarar-lhe a displicência passada para perdoar a maternidade que se desolava diante da sala ocupando um canto do corpo.

Ele morreu e tu não falavas com ele há um ano, foi por isso que ele morreu. O homem pensou, e não disse.

Bem feito, não não, bem feito não, coitado dele, coitado-também-não, miserável desgraçado, e eu te amava e te deixei escapar, mas eu te avisei que isso era errado, não-não, que isso não era certo, não era coisa de deus, por isso te levei para a igreja e louvei, depois te bati na cabeça um santo e nas costelas um terço. Filho. Ela não disse, pensou-e-não-disse. Ouvia a frieza da sala crepitar sobre o corpo do filho, o que vazava era impureza, pensou, esticou o pescoço dos olhos, e ele lá firme sobre um tipo de maca, uma mesa servindo de bandeja o fim do menino para a morte. Ainda é um homem.

Os olhos percorreram os relevos do corpo, todas as carnes contorcidas em feridas, que pareciam latejar, caminhos de chagas. O corpo parecia uma estrada malcuidada, não-não, parecia uma casa de parede mal rebocada e o teto banguela, não-não, não é isso, é meu filho.

Nenhum dos dois se levanta. Espalham sentados as raízes de passados diferentes até as lembranças e contradições do que chamavam filho/companheiro.

Ela dobrou o silêncio em mil e guardou na gaveta mais antiga de si, impossível te perdoar, menino, nunca, saiu de casa, esqueceu a gente toda, tinha que ter ficado até o fim. Jogou a chave fora desse lugar seu de onde ela nunca fugiu.

Ele amava o homem, chamava companheiro. E as xícaras de café e chá guardadas organizadas por cores e tipos de sede de segunda a quinta, é uma das primeiras coisas que ele resgata, essas xícaras e os cacos misturados em suas cores e muito pó espalhado pela cozinha, depois os gritos, a porta arrebentando a fuga e a noite, quando a descoberta de ter o amor enganado pela quinta vez deixou o companheiro aos frangalhos, em estado de fuga.

Ele escapou de nós, pensaram. Não falaram. Será que nos arrependemos de não termos feito diferente, por que ele não merecia? Mas a bondade era sóbria todos os dias nos modos de ser companheiro e filho. Os dois pensaram, ela e ele, não disseram. Ele amava com um jeito desocupado e disposto, incansável. Ele aprendeu a ser namorado quando deixou de ser filho. É isso que possuía a raiva da mulher. Que filho faz isso com uma mãe? Pensou, trancou nos olhos secos, exagerada, tanta mãe convivendo com a vida desregrada das crias. E eu aqui. E ela ali.

Ele, na rua, já acidente ao se sentir desolado, olhava para o céu à noite e sentia o escuro o engolindo por dentro. Não tinha para quem ligar, não ia ligar para casa, para nenhuma das casas, a mãe trancou a porta há um ano, o namorado escondeu a chave da honestidade disfarçada.

Impossível morar nos lugares demolidos. A rua girava ventos que despenteavam o choro escorrido, soluçava.

Um carro parou devagar, de dentro, as vozes cuspiam Quê que a mocinha tá fazendo assim sozinha? As portas abriram-se lentas, contra o vento. Ele correu, já estava correndo há horas. Quatro homens, músculos gordos, as barbas contornadas de fumaça e ontens e dias exaustivos, seguraram-lhe a calça e jogaram-lhe o cansaço ao chão. Sua fraqueza começou a sentir primeiro as palavras Parece uma bonequinha pedindo socorro, olha a vozinha dele toda mocinha. As palavras dos homens soaram-lhe orações Pai Nosso Que Estais No Céu, como na lembrança do padre marinando-lhe a pele com a língua, aos seis anos, e a mãe gritando Só deus para te virar do avesso a alma. Depois as mãos, muitas, consumiram-lhe a pele ou a roupa, os dentes começaram a encontrar as sujeiras na estrada, doía porque sangrava e os nervos no final dos dentes afloravam uma morte presente no corpo desde sempre Eu sabia que isso ia acontecer demorei tanto pra ter medo. Depois os homens vasculharam o restinho de vida com os punhos, talvez tenham dito Vamos ver o que tem dentro da mocinha. E deixaram para trás as casas vazias do filho e companheiro. Os homens deixaram o corpo vazio do menino.

Ninguém resgatou o menino, da mãe, e o homem, do companheiro. Parecia mais morto depois de oito horas dentro da noite e sem nunca acordar depois do sol.

Alguém apareceu dirigindo um barulho velho e sacou o celular, apontou o que parecia curiosidade e investigou o desconhecido e sua morte. O sangue, na tela, tinha uma textura que é creme e ficção, parece mentira, parece filme, disse a mão assustada sem largar o aparelho. Depois, a gravação tremida começou a circular pelas virtualidades das fantasias, redes e mais redes e seus personagens, a morte aleatória embrenhou-se nos sustos centenas, depois milhares, parecia uma constelação de clicks efêmeros, gestos implacáveis compartilhando a verdade esmiuçada de um morrer antigo.

Esses gestos chegaram à mãe e ao homem, simultaneamente, zona sul e leste. Os tons na gravação eram de amadorismo, o mesmo ar dos que capturam os sorrisos circulando nas mesas de bar e embriaguez indisfarçável. A mãe achou impossível ser a morte do filho, como o companheiro: Não pode ser ele. Mas ele não tinha voltado e mortes assim acontecem todos os dias, então podia ser ele sim, eu não quero acreditar, mas é. O vídeo parecia interminável. Como pode uma morte durar tanto?

A mãe corria os olhos uma distância além da morte do filho, também não os deixava tocar a espera de homem, o que chamava o menino de companheiro. Olhava para a tela do celular mudo e via o filho, o crime perfurou as carnes, não deixou chance de reconhecimento, que crueldade meu deus, seca e dolorida, a alma parecia inflamar os ossos e quase arrancá-la dali para uma fuga.

Ela sentiu o que em si era mãe esvaziar um pouco, arrependida e agarrada ao que lhe confundia a sua fé, nem deus sabe tudo o que faz.

Ele sentiu uma raiva mal educada que o acusava: podia ter sido eu, restava-lhe um amante, plurais, são dois, dois caminhos, ainda que doa assistir ao ruir do passado desmontado do companheiro todas as vezes que é reproduzido em vídeo, é ressuscitar a morte e não a imagem do homem que ele foi, ressuscitar o morrer e o desespero.

Podia ter sido diferente, e diz Se ele tivesse sido apenas filho a vida inteira, se tivesse perdoado as minhas faltas.

Os dois assistiam ao vídeo, assistiam à morte que não para de acontecer.

Ele morre todos os dias nos olhos da mãe e companheiro, que saíram de diante do corpo sem se despedir.

Parecia de outro mundo a morte estendida na estrada acontecendo todos os dias.

A vida que sobrou foi tudo aquilo que desisti

Não sei como escapar, agora que entrei. Eles gritam do lado de fora, uma das vozes afiada num corte A casa é minha. Sei disso. Não sei explicar como, ao entrar, não soube mais fugir. Tenho tentado explicar isso há meses.

No começo, observava o entra-e-sai inquieto dos dois homens. Às sete da manhã, o primeiro; às nove, o segundo. O primeiro poderia ser o segundo, a qualquer momento, no entanto, o que separava suas diferenças estava no movimento dos olhos; o segundo, sempre último, saía de casa, todos os dias, imerso, dobrado em si, afundando na tela do celular. O primeiro ria de olhos temerosos para o tempo. Eu jurava que ele sabia o que eu fazia ali quando dizia bom dia, nas mãos sempre um livro. Eu via o peso nas mãos do primeiro homem. Altos, vergavam suas alegrias separadamente. Segui os dois, quando juntos, jantavam nos finais de semana, brincavam de algo com a boca orvalhando amenidades que distanciava as sílabas dos sentidos próximos do amor. O segundo homem ocupava-se, rápido e discreto, com o celular quando o primeiro ia ao banheiro ou abria as páginas do livro. Viviam ficções distantes, parecia. Segui o segundo homem algumas vezes e doeu: entregue a dois homens diferentes, que eu poderia chamar de terceiro e quarto; possuíam um lugar, um espaço, no corpo do segundo, que o primeiro não sabia, longe da casa.

Compravam miudezas coloridas para a casa. Os vizinhos mantinham-se frios, difíceis de serem agradados pela disponível simpatia do primeiro e do segundo homens. Ao redor, as casas olhavam não apenas curiosas. Havia uma preocupação petulante ao observarem-nos saírem felizes e anuviados por segredos que apenas um deles vivia.

As miudezas carregadas em sacolas, formas variadas avolumando-se pelos cômodos, eu imaginava, sala ampla, amplitude capaz de absorver meio mundo de amigos e crises, um quarto aveludando o pisar dos homens, paredes respirando cores, um guarda-roupa organizado pelas estações do clima e dias de frio preferidos, talvez dois gatos, uma cozinha eternizada nos lamentos de nunca tem alho e cebola nessa casa, e taças erguidas e jamais secas rindo noite adentro.

O primeiro carregava quase nada. Sempre o segundo homem levava os pesos maiores. O suor ocupava a largura da testa, ele sempre dizia algo e ria. O primeiro homem parecia acreditar. Penso que era a maneira que o segundo tinha para desocupar os espaços de seu remorso pelos encontros secretos com o terceiro e o quarto homens.

O primeiro homem ficou sozinho, no dia que resolvi entrar na casa. O segundo homem estava com o terceiro, eu vi. Numa manhã contida de um frio que expunha com maldade, o primeiro homem despediu-se do segundo com o beijo clemente. Eu ouvi a declaração de permanência. Tudo neles era eterno, pensei quando os vi, pareciam tão últimos para si, fixos e altos.

Segui o percurso do segundo e o vi agarrando-se ao terceiro, logo na esquina. Uma rua e um carro preto lustrado absorvendo a pouca luz espalhada na rua. O segundo e o terceiro, um só, guardados. Saí de perto, discreto, uma sombra esquisita num dia sem sol como aqueles e dirigi-me de volta a casa. Minha respiração acompanhava o lance dos minutos de quase não passar. Eu ensaiei a revelação

O segundo não está só contigo, há o terceiro e quarto. E o que eu diria sobre os nomes deles, sobre mim?

Bati à porta. Um passarinho salientou um assobio em algum lugar escondido, um aviso. O primeiro apareceu à porta que parecia aberta desde que o segundo saiu e eu não vi. A porta aberta em meus olhos, a porta aberta no sorriso do homem, o primeiro.

Pois não! Rolou dentro o susto dos inconvenientes, do mistério que consome os perdidos. Preciso te contar que o homem que vive aqui além de ti está nesse momento vivendo uma pertinência aparente com outro homem. Quem conta a vida assim, pensei arrependido. Ele deu dois passos para trás, uma encenação, aquelas cenas em que a dor exige uma mão ao peito. Entrei, fechei a porta atrás de mim, e foi no estalo de fechar, devagar, fantasmagórico, que a casa assumiu um tom infinito.

O homem sentou-se no sofá branco, encolheu-se nas palavras. Então é verdade, ele disse. Avancei dois passos, e no terceiro andar dos meus pés sumiram as maçanetas. As janelas dobraram-se como papel amassado.

O homem lamentava por não ser tido clareza: Como não percebi antes, eu sentia que tinha algo no jeito que ele dizia que sou bicha maluca.

Onde estão as chaves?, perguntei. O homem consumia raiva e desgosto, primeiro, depois o vi apreciar a tristeza, saborear. Dentro da casa, tive medo. Sumiram as chaves, ele disse. Mas você sai todos os dias, gritei um pouco para acordar as portas.

A casa doía inteira. Eu via o homem entregue ao desamparo de ter sido enganado, quem sabe durante anos. Isso, anos, ele disse. Sentei-me ao se lado e ofertei socorro, ajuda, entreguei minhas observações e minhas capacidades de estar sempre distante de afetos que consomem. Fiz isso com as mãos estendidas.

Depois de tudo que vivemos, ele resmungou. Poderia ter sido eu, mas foi o homem que disse. Eu também vivo isso, daí eu disse. Senti também que poderia ter sido ele a dizer. O que víamos um no outro, além dos desconhecidos assumidos, foram as feridas nos corpos que tremiam, as brechas que nos permitiam olhar com apuro, não com cuidado, o que carregávamos além de nossos nomes.

Ele gosta de contar os valores da casa, quanto custou nos bolsos, os poucos meses em que os objetos fizeram-se nossos. Ele gosta de dizer Vê o que vai perder se me deixar?, mas fala assim como se ninasse uma criança no homem de trinta anos que sou.

Olha pra mim e diz se eu ligo para isso?

Olhei para ele, fixo.

Olha pra mim e diz!

Olhei para ele e entendi.

Como saio daqui?, entreguei a ele a dúvida. Eu devia sair, e não queria, eu precisava sair, e não sabia. Sentia o desejo de ajudá-lo, o medo de ser pego em flagrante ao tentar ajudá-lo, a fúria de arrebentar o cinismo do segundo e do terceiro.

O primeiro observava a pele da parede respirar as lembranças, circulava na casa uma calma de café e pão esquecidos no lamento da revelação.

Você veio aqui para roubar algo?, ele perguntou, derramado.

Pensei e tive a certeza de que não pretendia roubar nada. Onde está tudo que pertence ao segundo?, eu quis saber, ainda assim, sem saber o porquê.

Lá no quarto, todas as gavetas são dele.

E o que é seu fica onde?

O primeiro embobalhou a certeza de que ainda morava na casa. Aproximou o dedo dos lábios, arrancou lascas das unhas, esperou uma resposta distorcer-lhe o desespero, e disse A casa. Ele sabia que não e afirmou. Eu sabia que não e disse Vou levar tudo que for dele, mas preciso das chaves, preciso sair quando tudo terminar.

Desarvorei as gavetas, destelhei os guardados do segundo e descobri os investimentos, os golpes fajutos, as férias roubadas, tudo que herdou dos homens de antes, cada documento e certeza, cada registro nos comprovantes e eletrônicos que acenderam com o toque, que confirmava. O primeiro olhava-me da porta, fluindo sua desesperança a repetir Então é verdade, um pedido de ajuda e um sacrifício no mesmo gesto de agarrar os braços cruzados da decepção e chorar.

Agora preciso ir embora.

Alguém chegou lá fora. São duas vozes que batem na porta.

Sou eu, amor. Trouxe um amigo para jantar. Era ele e o terceiro.

Em outro país, estaríamos numa casa média sem quintal e um segundo andar reinventado: uma escada espiralada e o quarto de parede nua. Uma única sala, uma coluna deslocada do sentido de sustentar, para quê? Agora, ali, eu via o lixo acumulado no jardim mínimo, entulhos sem odor, os excrementos da casa, uma massa compacta de rejeitos, as desistências do homem. As paredes, agora eu via, úmidas e verdes densas, um verde para além de nascer e florir, as cascas da casa a revelar o fruto da decepção. Não havia quadros e pinturas, só sombras lembradas de decorações antigas. O guarda-roupa, no quarto de cima, ocupava uma parede inteira, e parecia depenado na sua capacidade de proteger a roupa, lembranças e finanças dos dois homens. Uma mesa de jantar e seus quatro lugares; mas faltavam duas cadeiras na mesa; elas passaram a sustentar a queda do armário na cozinha. Algumas lâmpadas farfalhavam eletricidade em luzes débeis, a casa a piscar cansaço e sono. A casa mal humorada, um temperamento capaz de acolher com modos de quem expulsa para sempre.

Mais algum tempo e não seria possível sair da casa, de perto do primeiro homem. O segundo prestes a chegar, entrar e não me receber. Provavelmente estava do lado de fora, gritando, acompanhado do terceiro homem, numa demonstração absurda de cinismo.

Ele vai ligar antes de chegar, ele sempre liga, disse o primeiro homem, educado, atravessado pela dor da revelação que pousa aos poucos, primeiro os ossos das patas finas, depois o peso das asas de longas distâncias e, por fim, o bico violento e seus cortes.

Eu queria sair antes que o segundo chegasse, mas na minha frente, e ao redor, esse outro homem e a casa transformada em espaço inacessível de fora, inescapável para quem vive aqui. As lembranças na casa vibravam pelo chão, e o carpete que deslizava sob meus pés inquietos, e aquelas treliças indianas de temas orientais e místicos, magnetizavam os dois corpos que não sabiam fugir.

Ele saturado, o outro atrasado, e eu, preso.

Preciso sair da casa. A casa, e as maçanetas ausentes, as janelas dobradas para dentro das peles das portas. Não é choupana nem bosque assombrado, não é canto sujo num barraco esfomeado, não é ponte e o encalhe de um navio sem mar, é uma casa onde eles foram amados no passado; não é um apartamento em alturas intangíveis. É só uma casa, de onde não consigo sair.

As chaves estão onde não aceitamos estar presos, eu disse, e poderia ter sido o primeiro a dizer isso, mas fui eu.

O primeiro homem só chorava e alagava todas as feridas da casa.

Quem é você, afinal, ele perguntou.

Eu fui o primeiro antes de ti.

As luzes escorregavam das lâmpadas e dentro algo como um quarto apertado e a escuridão antiga movia-se de canto a canto. Lembrei-me das vezes em que despedacei esperanças nessa espera similar à do primeiro homem. Tentei contar a ele a vida que me restou, porque foi tudo o que me restou quando todos os homens da minha vida levaram tudo e deixaram as noções desesperadas de nunca mais morar.

Não escapei da casa. E a vida que sobrou foi tudo aquilo que desisti.

O coração como lugar de descanso

Nunca me disseram que o que sobra na partida é o coração como lugar de descanso. É assim que termina.

Não despedimos nosso adeus como muitos casais fazem, como muitos dizem. Não usávamos a expressão namoro firme entre nós. Não conseguíamos sequer imaginar o que a sua esposa e a minha namorada poderiam pensar se soubessem.

Não agíamos de forma diferente do que se espera de homens que acreditam nas limitações do amor. Amor no corpo de um homem como eu. Amor no corpo de um homem como ele. Tão parecidos, não fosse a idade (eu ainda imaturo na capacidade de gerar algo além de uma quitinete alugada no centro da cidade, ele alimentando esposa e um filho), nossa altura autorizava beijos nivelados, o entrelaçamento de impulsos que se diziam súbitos, mas sabíamos intricados, fundos até os ossos, nisso que ele e eu degustávamos, sem as alianças de sempre. Concordamos que trair seria sabotar uma relação em que os envolvidos são incapazes de apenas perdoar. Ele alcançava histórias percorridas em mim que eu havia esquecido, segredos que festejavam a chance de serem ditos a ele, em quartos de hotel, motéis, espeluncas imundas, as mulheres dizendo Delícia vem cá, e lançávamo-nos tardes e noites, os celulares mudos.

Aceitamos mentiras. Assumimos uma cumplicidade contemplativa, sem descambar para melodramas afeminados, como as bichas com quem já saímos para sexo, nunca amor, aquelas esperneantes de desejo e satisfação que se assustavam com a fome com a qual as expúnhamos possuídas por uma quebradiça chateação das mulheres que também humilhamos. Puxávamos seus cabelos, pela raiz, adestrando um pouco a dor, um pouco o gozo, e cuspíamos em seus olhos para nublar suas saídas. Contávamos essas histórias um ao outro, porque sabíamos o lugar da palavra que nos excitava.

Quando resolvemos alugar esse apartamento, mobiliá-lo com o que tínhamos em comum, não pretendíamos uma relação, não o concreto que chamam relacionamento. Relação é duas pessoas, ou mais, gostar ou pouco, ou mais, e tratar e comprometer-se honesta e autenticamente, e mais. Pensar em relacionamento nos fazia imaginar o que nossas mulheres fariam se soubessem, e o que diríamos. Negaríamos, como fizemos até ali.

Ele ia às terças comprar alguns móveis e produtos, utensílios, detalhes para cobrir detalhes e cheirar, tornar o aroma dos cômodos receptivo. Ele escolhia, enviava pelo celular as imagens e apagava as mensagens. Eu ias às segundas, procurar o que faltava: e não faltava nada, nunca. Fizemos isso durante duas semanas.

Na terceira semana, dentro desses meses que nos conhecíamos, estávamos ocupando esporadicamente uma casa. Ela permanecia desocupada e repleta de tudo o que uma casa é, mesmo que não estivéssemos dentro. Encontrávamo-nos em horas incomuns para homens como nós (casa-trabalho-família), agradava-nos ter chaves escondidas que não largávamos. A tensão de quase sempre sermos descobertos e precisarmos confirmar o óbvio: o quanto somos bons homens. Na cama da casa esvaziada, vivíamos a chance de nossos desatinos, começamos com calcinhas apertadas arranhadas por pelos que nunca arrancávamos. Levávamos travestis que nos faziam doloridos de genuína exultação, aproveitávamos todos os jovens apaixonados que se entregavam às fantasias de viver a luxúria farta de uma casa viril como a nossa. Antes de sairmos, despedíamos nosso desejo com um beijo sem marcas, para que não atrasássemos mais ainda. Trancávamos a casa com a chave que escondíamos nos bolsos. E nos dias que se seguiam, sempre a chave conosco, separados. Do bolso para as carteiras, gavetas, tapete do carro, o jarro com a palmeira no hall de entrada dos apartamentos, a coleira dos cachorros. Como se assim escondêssemos a casa, a nossa.

O que não esperávamos: sentir a casa moradora de nós, nos dois.

Os dias corriam e nos fazíamos homens para as mulheres que nos aceitavam atravessar. Não sabiam o que eu e ele alimentávamos, cada dia mais soturnos, no entanto, não suportavam, a cada dia, nos ver entregues a displicências confeccionadas sem maldade.

As chaves, nos bolsos, batucavam como janelas assanhadas pelo vento, uma recusa de calarem-se, lembrando-nos que tínhamos uma casa, que havia uma docilidade escondida no que não chamávamos intimidade.

Poucas vezes conseguíamos ter uma noite em que ressonássemos juntos sonhos comuns. Levávamos à surdina os dias que se arrastavam acordados. Ao nos encontrarmos, ancorávamos os desejos até o dia terminar, como se fôssemos nada mais que aleatórios na vida um do outro. Limpávamo-nos cuidadosos para não extrair o excesso de gosto que deixávamos no corpo um do outro, algo que não nos entregasse e que mantivesse o resíduo de nossas ruínas tórridas de querer. O calor que os músculos produziam no escuro do quarto às três da tarde e os celulares recebendo ligações mudas dos trabalhos, enquanto aderíamos e transbordávamos, até sobrevir o gozo, as inundações de suor e saliva, e gritávamos *Nossa casa, é nossa casa*. A claridade do dia enfrentava o silêncio que tecíamos, em seguida, e nossos corpos encharcados tornavam-se espelho, víamos as semelhanças e a estranheza dos frêmitos.

E só com a porta fechada, as chaves em seus alaridos de quase alerta, nos bolsos, a casa deixava de existir.

As crianças, os seus filhos, cresceram e circularam pela sua vida, dependentes e desconfiados. Fizeram-se território do pai ocupado dia e noite. Talvez soubessem e se preocupassem com o dinheiro ou como aquilo poderia soar indigno e comprometer a retidão na qual a família alicerçou seus anos todos. A menina ensinava o pai a se vestir com uma extravagância comedida; o menino parecia apenas corajoso, esvaziado de outras qualidades. Parecia que tinha nascido para ser um homem corajoso, e circundava a existência do pai com uma simpatia bruta, capaz de morder. A esposa, uma mulher embrulhada em preços caros parecia querer deixá-lo há anos, mas, pelo que ele havia dito, veio o primeiro filho, depois a filha, e o fim foi a única decisão que não planejaram.

O que nomeávamos como apetite, sem o constrangimento que ousávamos declarar nossa relação, nunca cessou, mantínhamos o calor que escaldava o desejo, temperava a falta e preparávamos o corpo para regalos demorados. Até que conseguimos viajar juntos pela primeira vez.

Inventamos um negócio urgente, bem sucedido, cada um de nós, incapaz de levantar suspeitas. Também não sabíamos que seria um de nossos últimos momentos. Fomos a Paris, depois Berlim e Londres. São muitas imensidões que eu não conseguiria esmiuçar os contornos da alegria.

As viagens faziam-nos estranhamente sentir a casa em nós, sensação estrangeira de deslocar e ainda assim ocupados por uma transviada impressão de lar.

Nos abraçamos muitas vezes, curvados diante dos frios de Berlim e Paris, que contornavam nossos sorrisos em dezenas de fragmentos. Em Londres, abríamos os braços para, pela primeira vez, contemplarmos livres de camadas de fingimento os tons que nossos corpos adquiriram sem segredos; corpos públicos, dizíamos.

Na Itália, ele resmungava do calor e de como o mundo estava possuído pelos chineses e por mulheres, apelidando as mulheres de vadias exigentes e os chineses de larvinhas satisfeitas. Eu não achava adequado, mas estávamos tão impecavelmente felizes. Sempre, em todas as viagens – e agora elas parecem uma única e imensa viagem, longa e conectada, onde fomos tantos outros, talvez por isso o desconforto ao voltarmos para as casas sufocantes que nossas famílias comportavam – a mulher dele ligava no fim do que ela chamava de noite para reclamar a distância. Ele dizia das reuniões intermináveis na Itália, em Paris, sobre o carisma comprometido e pontual dos holandeses. E ela não sabia de nada.

Em todas as mesas em que estivemos sentados, o café fungando as fumaças suaves, ele mantinha uma atenção sobressaltada. No comprimento dos anos, tornou-se irritado, como se escapar do momento fosse a única ideia que parecia lhe ocupava os minutos. Durante as viagens, chafurdava o celular, ria sozinho, debochava dos chineses ao se conectar com a realidade, e muitas vezes me deixava exposto a uma solidão humilhada, estando com ele, principalmente quando dizia, reclamando, que às vezes eu ficava muito mulherzinha para o seu gosto.

Algum tipo de insidiosa revolta se agitava no movimento do corpo, fosse na cama, fosse distante, com o celular em punho. Em mim, assumia-se uma insurreição cautelosa que me consumia, mas que levaria anos até se manifestar violenta e decidida, levaria anos até que meus desejos e afetos convocassem soldados e líderes sensatos e moderadamente violentos que me levassem à conquista sobre as mentiras escondidas atrás das muralhas robustas da nossa masculinidade.

Ele tinha uma multidão de homens ainda desconhecidos acontecendo em si, que me assustava em alguns momentos. Trair a esposa com a docilidade e a certeza de uma ética inabalável dizia o quê daquele homem?, eu pensava em alguns momentos, depois de ler as mensagens lamuriosas da minha namorada cobrando um tanto de atenção, as quais eu respondia Você está exagerando mais que nunca, histérica que amo.

Em algum momento impreciso nos detalhes distorcidos desse passado, ele perdeu as chaves da casa que mantínhamos vazia para nos receber por brevidades afetuosas. Recebi uma mensagem, ele dizia que perdera as chaves e que demoraria para retornar. Incomodado, e engasgado, a chave surgida na garganta para abrir-me o caminho da rebelião. Fui até o apartamento e encontrei o espaço depenado, ecos circulavam reproduzindo o fantasma da presença e provavelmente sua urgência em não deixar nada. Senti a garganta destrancar todas as insatisfações desentendidas durante todos esses anos e gritei como se fosse me partir ao meio. Os dois homens que fui nesses trinta anos, entre uma casa inventada e outra ruína desde o dia que descobri que amava esse homem cruel.

Demorei três viagens para longe, sentado numa sala ocupada com o desaparecimento dele. Não atendeu minhas ligações. Gravei mensagens de voz, e em resposta ele escreveu Você está muito histérico, como nunca. O primeiro estalo de compreensão foi achar que ele tinha se enganado e ao invés de mandar essa mensagem para a esposa, encaminhou-a para mim.

Foi assim que terminou. O que sobrou na casa foi apenas meu coração como lugar de descanso.

O tempo perdido no corpo de Lázaro

Não estávamos perdidos. Só nos sabíamos crianças pelas palavras das tias e da mãe, as nossas. Confundiam-se. Nós nos confundíamos. Em algum momento, daquela vida, as tias eram quase as mesmas, exceto pela extravagância de uma delas, a mãe, a minha.

– Não fui eu que perdi ele, não!

– Eu vou contar tudinho pras tias!

O nosso crescimento era observá-las nos ver crescer, e podar o que precisava ser controlado, aparado, adestrado. Os carinhos aconteciam melancólicos, de duas delas. A seguinte, a mãe, era sempre mais dura.

– E tu quer que eu diga o quê?

– Vamos inventar alguma coisa. Que ele ficou trancado em algum lugar!

– Não tem mais casa por aqui, seu burro!

– Burro é tu!

Nascemos sozinhos, a tia costumava dizer. Outro costume: preparar a casa toda para receber os santos. Vinham de duas direções: o homem vinha de onde soprava mais forte o vento, era barro e ficava trancadinho no canto da casa. A mulher vestida de gesso colorido, as roupas mentiras na invenção de alguma mão caprichosa ocupava o altar. Os santos encontravam-se apenas no momento do amém. As tias, os nomes, Celeste, Socorro, e Teresa, a mãe.

– Vou contar pra tia que tu foi o culpado!

– E tu acha que a mamãe vai acreditar em ti, abestado? Seu inferno do cão!

Ele chegou à nossa infância. Ele infância também, acuado rastejando pelas paredes, o barro na casa abraçava e grudava na pele e criava umas nuvens pedrosas na noite que não se desprendia do corpo. Lázaro é teu nome. Dissemos. Sabíamos pela boca das tias e da mãe, as nossas. Não encostem muito no menino e não tomem muito o tempo que ele tem na casa. Ficamos afoitos e curiosos. Toma o tempo de Lázaro, o tempo que ele tinha na casa. Como aquele menino tinha um tempo que podia ser tomado? Olhávamos, ríamos, como um rio corredeira e lampejo de frescor, as mãos ensaiando algo das mulheres da casa e parecia nosso, a cada pedaço que crescia.

Lázaro cuidava de todas as plantas crescidas no quintal, limpava a casa, todinha, removia do cozimento do fogo as carnes, as mãos engrossadas pela fervura, pelos cabos das vassouras. Lázaro também abria feridas na terra toda e fazia brotar muito de tudo que era verde e vivo.

– Ele não tinha mãe. Foi por isso?

– Por isso o quê?

– Porque ele não tinha mãe aconteceu aquilo.

– Mas fomos nós que fizemos isso.

– Não foi, cala a boca, seu merdinha. Eu te chuto inteiro!

– Ele tinha mãe também!

– Também por quê? Tu não tem mãe, como é que tu sabe o que é ter uma?

– Eu tenho sim, a tia.

– Ela é tua tia, bosta. Mãe é só a minha que é mãe.

– Mas ela é minha mãe também.

-Não é coisa nenhuma! Não sei como não aconteceu contigo também.

– Cala a porra dessa boca, seu merda!

– Cala a boca tu!

Enquanto brincávamos, e chamávamos Lázaro, ouvíamos as mulheres berrarem lá do começo da casa Deixa esse menino fazer o que tem que fazer. Olhávamos para Lázaro, aplicado naquela infância maior que a nossa, capaz de ferro e fogo, quebrar pedras e pedregulhos, mover montanhas de cupins, os montes, remover arbustos de raízes firmes, dar à terra vida flor e fruto maduro, o corpo uma madrugada que não acabava. Víamos a rapidez com a qual Lázaro parecia por em ordem os gritos das tias e da mãe, as nossas; não apenas rápido, mas eficaz. Olhávamos quietos, segurando bolas de gude e futebol, às vezes bonecas abobalhadas dos olhos revirados azuis, ou nada, só olhávamos Lázaro espalhar pela casa a ordem, dar à casa um eixo, e no nosso corpo Lázaro inventou-se, fez-se algum tipo de homem que nunca morou na casa, os pelos ausentes que nunca vimos sobressaíram-se na noite de Lázaro pura e espantada. Olhávamos e queríamos.

– Se tu não tivesse tido essa ideia burra...

– Eu sabia que tu ia estragar tudo, merda!

– Queria que eu fizesse o quê?, ele ia escapar...

– Meu deus do céu, que vamos fazer agora?

– Ele parece que está olhando para nós, não parece não?

Crescemos. Os corpos, os nossos, não cabiam mais nos carinhos das mulheres, tias e mãe, as nossas, não suportávamos gentilmente as mãos das mães que elas se tornaram com o crescimento da casa, escapávamos da casa, para nos ocuparmos com o mundo. Puxávamos Lázaro, insistíamos, adulávamos. As tias viam e de longe lançavam reclamações que ofendiam o sorriso de Lázaro, parecia que o atingia numa velocidade truculenta, uma pedra de longe e certeira. Ele cerrava as mãos, abria-se num tipo de sertão que mastiga o sol e não cospe a espinha, e nos xingava baixinho, mas aceitava todas as nossas mãos contornando o corpo quente capaz de arar, cozinhar, limpar, erguer e inundar.

As mães, todas tias, e muitas mulheres ensinadas pelo nosso nascimento, suportavam apenas a utilidade de Lázaro. Começaram, certo dia, a empurrar-lhe afazeres a vida escorrida dentro que circundava obscuros percursos que nem ele nem nós sabíamos nossos. O menino e os matos ralos do corpo; o menino e os montes de terra e pedra brotados nos músculos; os volumes que a voz destroçada era capaz de vibrar e morder com seus sim e não as frutas do quintal, os dedos duros e os ossos pontudos e as unhas sujas catavam desejos para organizar o que na casa, a nossa, nunca seria seu.

– Eu devia ter pedido só um beijo.

– Eu devia ter deixado ele ir embora.

Não descobrimos o corpo de Lázaro por acaso. Olhávamos. Enquanto as mães, as tias, as nossas, dentro da casa, costuravam suas conversas afiadas junto a outras casas e suas mulheres, num imenso retalho de fantasias e segredos, nós inventávamos com Lázaro brincadeiras com sua discrição iniciada no desabrochar impetuoso: ele abria na terra lugares de brotar, nós o acompanhávamos com as mãos segredando os movimentos, tocávamos em arremedos eficientes para cavar e ver nascer, e víamos crescer, e víamos o sol e os raios escorrendo ligeiros engolidos pela noite impregnada em Lázaro, e o suor fazia no jovem uma natureza mais forte que a nossa, ele gemia um canto, um arremedar o vento antes de chuva torrente, e gemia a boca nas mãos, as nossas, que sufocavam os olhos enormes e os dentes brancos, e os músculos que acomodavam as selvas de Lázaro, os bichos desconhecidos urrando. Brincávamos. Víamos Lázaro soltar-se no chão, todo desfeito, desatado os músculos e suores, e a noite no corpo que já tinha mastigado o céu inteiro, absorvendo a imundície da terra vermelha. Víamos, e deitávamos nossas piedades junto a ele, calmos.

— Ele tinha gosto de casa caindo.

— Ele tinha aquela noite que as tias disseram pra gente não conhecer.

O tempo corria a passos largos em Lázaro. Não conseguíamos acompanhar os risos que nunca escapavam: ele sempre sério, resmungando e gemendo ao brincar com o que oferecíamos. Lázaro encavalou uma bruteza robusta, muitas vezes, para nos tirar de casa, para escapar da terra vermelha e do que o fazia temer. As tias agitavam varas compridas para o tamanho de Lázaro maior que nós, embruteciam umas palavras sangradas, berravam, cobravam, jogavam a casa inteira sobre Lázaro. Dizíamos para elas não perderem o tempo do menino. Elas misturavam-se, cheias de fim que ocupava a casa desde que os homens saíram para voltar sabia-se lá quando, e diziam Esse menino nem é gente, calem a boca, saiam.

Saímos, e levamos Lázaro. Longe da casa, o espaço do mundo crescia muito, cabíamos inteiros. Cabia o que sabíamos, cabia os medos de Lázaro e os sorrisos que ocupavam seu horror, cabia nosso crescer que não seria como o dele, cabia o alvorecer de Lázaro e os dias carregados na nossa pele.

Seguramos Lázaro pelas mãos. Demos a ele o que pretendíamos, crescer além das mães, das mulheres da casa, aquela.

Lázaro disse não, assim não, assim não quero, assim dói muito. Cala a boca, Lázaro, é bom, tu já é homem. É ruim, ele disse. Engoliu o riso que nunca escapou. Calamos a boca de Lázaro, usamos o que a casa ensinou aos nossos dias. Nós nunca anoitecemos, Lázaro, olha para nós, maiores que tu desde as mulheres da casa, somos aqueles homens que escaparam, e tu é o quê?

Lázaro imitava o fim do mundo, o que imaginávamos sobre o fim do mundo, o que as mulheres e seus retalhos de fantasia e esperanças diziam sobre o fim (os rios de lava e fogo, Lázaro imitou; as tempestades e torrentes, Lázaro imitou, os gritos daqueles que não se salvam e ardem, Lázaro imitou. Lázaro não tinha mãe, dissemos a ele. E calamos Lázaro com o fundo do rio. O sangue inundou-lhe tudo, boiando os olhos chamuscados do sol que punha. O anoitecer de Lázaro escorreu pelas águas e seguiu.

Tomamos o tempo de Lázaro. E não descobrimos o seu corpo.

A saudade também é uma oração

É um tempo fúnebre, esse que experimentamos agora, ela disse, e ouvia a fala ressoar a altura inteira do espaço, circular pelos santos postos a cinquenta metros, em colunas algo gregas, algo improvisadas. Ao dizer o início do que precisava contar, sentiu que seria necessário retomar seu nome, e ao dizê-lo, os olhos atentos da plateia curvaram-se, quase todos, num ritmo igual, acima de Maria, mirando um Jesus sofrido, cabeça pendendo sobre o queixo, as marcas no corpo de gesso.

Eu me digo Maria, agora. Disse com a intenção de saber o que vinha dos ouvintes – mulheres, a maioria, e crianças. Atrás dela, provavelmente o padre e os doze meninos quase adultos, sacolejando queimados de cheiro exorcizante.

E começou:

Preciso contar sobre subir aqui e dizer como me sinto, sem parecer que vivo um pecado eternizado em mim. Preciso assumir, em primeira pessoa, essa fala que é minha, mas até dez anos atrás era dos outros, na casa dos meus pais. Minha voz morria entalada na garganta da voz deles. Olhem para mim e vejam. Continuem olhando, não dispensem o incômodo para catar a quietude milagrosa dos santos. Vejam as cores arranjadas para mim, a forma que a roupa toma, distante do que cada uma das senhoras veste, minha boca contornada de um tom nunca perverso, nunca maldoso ou acomodado, e todas as vezes que visto esses cílios, penso em voos emprestados aos olhos, basta piscar. Porque preciso que as senhoras vejam isso para que aprendam a me rever, passar a imagem de agora por cima da imagem de antes, para que possamos chegar à minha mãe.

Não digo que cheguei aqui, retornei ao que não esperava reviver, por uma obrigação. Eu vim para louvar a imagem da mãe que nunca serei, a dela, a mãe, a minha. Ao cansar de ter que inventar sozinha depois que fugi – é assim que ela conta, mesmo que tenhamos discutido ferozes –, ela não esperou por qualquer esperança que pudesse vir das ladainhas feitas aqui dentro. A última coisa que eu soube: os anos vividos à mercê de remédios e do álcool, o quarto escuro, a casa ferida despencando a cada desentendimento dos moradores, e eu longe.

Eu e ela não nos conhecemos no meu nascimento, acho que fomos reais apenas quando eu disse que precisava ir, ao explicar a partida, e gotejei, história a história, dedilhada, as discordâncias que me enfrentavam na família: a violência dos tios, os deboches entediantes, as vezes em que ela era golpeada pelas irmãs, a casa comprimindo-se em dizeres sufocantes, e todas aquelas vozes invadindo o meu nome nascido na mãe e morto no pai. Até o homem que ela contava meu pai usei como motivo. Se não fosse ele, então eu simplesmente Não, nem tu, nem essa casa. Mãe, meus irmãos te amam, eles querem mulheres como tu. Eu não sou mais a filha que tu chamaste esperançosa Francisco.

Eu não vim pedir perdão, como se pede socorro numa casa incendiando. Eu vim contar e dizer que eu não sabia o que acontecia à mãe, a minha. Na última vez que nos falamos, ela disse adeus com os braços mortos sobre as pernas, pendurando um terço e resmungando um choro ressentido. Era difícil para ela enxergar uma Maria falando em mim, ela não conseguia me ver como uma mulher que não quer segurar um terço e esperar o céu cair dentro de si, pela boca suplicante. Ela não me pensava como um homem independente do que ela desejou. Ela se dizia mãe só quando eu e os irmãos, os meus, aqueles, pedíamos ajuda, cobrávamos o sal no almoço, o café amargo, as idas ao colégio e por que todos os pais dos nossos amigos foram às reuniões e festas e o nosso não estava lá. O desconforto na palavra mãe rondava o mistério dela feito esses morcegos barulhentos, pavorosos, mas que só comem fruta madura.

Comecei a me gritar idêntica a ela, menos as roupas que continham virtudes sagradas, como ela dizia. Elas, alguém dizia sobre nós duas. É o que vim aqui reclamar para mim: elas. O ela da mãe, aquela mulher, sumiu de mim quando nos dissemos Nunca mais, cada uma a seu modo. Eu, numa mala, depositei desmontes de auto sacrifício, peças remendadas dos destroços do lar agourento, ela quieta na sua única e claudicante ideia de mulher e mãe, engolindo a espera do céu despencar.

Chamaram-me para declarar alguns pesares, porque os homens da casa desapareceram todos, os irmãos, os meus, tornaram-se a falta do pai. Sugaram a esperança da mãe até encontrar mulheres tão parecidas com ela que os assustou desejar sempre todas as outras, desabitados e insatisfeitos. Então me chamaram para dizer algumas palavras de amor. Eu, ela.

Quando anunciaram o corpo da mãe, a minha, eu estava trabalhando: digitando um memorando e um ofício, ambos a respeito de burocracias cansativas. Aquilo foi um milagre, ela não ter desistido antes, e cruel, deixar para outrem avisar quando ela morre. Assim ela voltou: o corpo corroído, irreconhecível. E a casa, eu quis saber. A casa está de pé. Imaginei a casa chorando, pernas trêmulas, e um céu indecente escorrendo pelas paredes.

A bebida, disseram, cigarros, os filhos que não estavam lá, teu pai, os irmãos, meus tios, e os gritos Essa aí não sabe nem colocar filho que preste no mundo. Eu cheguei a quase esquecer que a mãe, a minha, morreria um dia.

Quero terminar o que declaro, como amor sem penitências talvez, sobre esse púlpito e dentro dos ecos crepitantes nessa casa dos santos, que eu havia me esquecido de que minha mãe morreria um dia.

Maria afasta-se do centro da igreja, desapoia os braços da madeira, olha para o céu nas telhas, onde há um Jesus desistido, sólido eterno, e pensa na mãe. Sussurra o nome Maria, a mãe, a sua, a outra, e eu, diz. O cabelo é comprido e incorpora o passado da família, das mulheres. Não parece com as mulheres que a observam, parece mais perdoada e transparente.

Só Deuss sabe o que se passa, diz, e abre as mãos para pedir benção, indulgente num espanto. Não é uma história o que ela conta, é uma oração. O que fiz foi uma oração.

Porque a saudade também é uma oração.

E eterniza a mãe, a sua, que não voltará nunca mais.

Não resta nem humilhação num corpo sem nome

Mais uma chance me fosse entregue, eu não teria, naquele dia, seguido por aquele caminho. Eu não teria respondido aos tons de rancor fedido do homem, e mais outro homem, que, antes do primeiro soco, disseram injúrias estilhaçadas. Eu não teria parado o tempo nos arrojos do corpo vestido há pouco, esmerado e doce, para pedir-lhes respeito. Eu teria fugido, como se aparentasse tranquilidade, prudência, e livre, o desespero desistindo de correr a mil por hora. Eu não teria cuspido ao receber no rosto uma pedra-montanha e depois uma garrafa pesada de algo ingerido seco e gorgorejante. Eu não teria ensimesmado uma violência sempre antes vivida, e teria seguido, como fiz tantas vezes. Eu teria, como a criança que fui até os dez anos, calado e trancado-me nos cantos da voz que quer escapar da casa em destroços diários, o medo e a raiva fraquejavam, e agora vivia ao relento. Se eu tivesse a chance, e tivesse agido com coragem do corpo calculando as fugas que assumi depois dos onze anos, eu não teria meus braços triturados pela afiada ferrugem dos arames escuros expostos há tempos naquele vão de estrada esgotada. Eu não teria sido arremessado desdenhado no porta-malas de um carro cheirando a matrimônio e criança, e levado a um lugar onde eu sabia que outras vezes eles frequentaram, familiar. Meus braços não teriam sido meticulosamente abertos em pedaços de gritos, escorridos como trapilhos de carne e misturados. Eu não teria sentido a dor que nunca saberei que é quase parir um passado de lembranças nunca cansadas de acontecer, quando a casa entulhada, a minha, veio abaixo e precisei carregar-me para longe. Eu não teria sentido o fedor quente dos homens deleitando-se mijo e porra sobre o sangue ressecado que meu corpo decantava, para depois sentir meus dentes afundarem na voz, trancada cada vez mais longe todas as vezes que eles gritavam bafo e raiva monstrengo nojento. Eu não teria sentido os pedidos de socorro, os meus, ocos só a casca quebradiça, contra o chão, os sons do desespero que eu sentia ferido, esfarelando-se.

Se eu tivesse outra chance, eu não teria os pedaços descoberto sem vida por uma criança que só sabia gritar sem palavras e pedir sorroco por mim. Eu teria seguido, como todas as vezes que ouvia o que ouvi, e teria seguido. Sabia-se lá deus até quando, onde, mas não estaria terminado olhos revirados e a terra digerindo o sacrifício do meu fim. Eu teria seguido sem ter-e-não-ter meu tronco dobrado sobre as pernas entristecidas pela falta dos ossos moídos sob os sapatos dos homens. Eu não teria visto as alianças reluzindo em seus dedos, um barulho acelerado e santificado de uma oração a me machucar a desonra.

Não resta nem humilhação a um corpo sem nome.

Então quem vai enterrar o meu?

Caminho feito homem

Caio fazia um estardalhaço de eletrificar qualquer sufoco anterior ao chegar em casa, ao gritar desabafado o quanto estava com saudades. *Senti tua falta* e apenas dez horas haviam se passado desde o décimo terceiro beijo. Não seria a última vez que Caio entrava em clima de relações nunca desfeitas pela porta do apartamento, as sacolas e as compras tropeçadas pelo cansaço apressado e a voz esbarrando no meticuloso arranjo em que dispusemos nossas ausências sempre que não estamos por perto. Eu sempre no banheiro, alguns violinos trancados nas caixas de som encontrando o momento solene em que as gotas do chuveiro grosso desatam o moído do meu corpo. Eu nunca respondia imediatamente, esperava Caio torcer as palavras duas, três vezes, invocando uma espera impacientada, arrastando a cadeira, abrindo a porta da geladeira, plantando-se imerso no mistério que em mim não resiste ao final dos seus pedidos *Olha que eu canso de ter que te achar dentro dessa casa*. E ele sabe que somos casa nesse apartamento. Evocamos um espaço maior para os encontros dos corpos alimentados com abraços de vazios e lacunas, nossas lembranças e as sombras irreversíveis contadas semanalmente sobre nossas mães, mulheres arrependidas fantasiadas pelo afetado mito de *Nasci para ser mãe*, que não aceitavam mais ser mães de dois homens romanceando uma vida num apartamento, que não aceitavam ser esposas de dois homens que não seriam pais, sequer úteis, talvez vivos e ao mesmo tempo caóticos no masculino nítido de dirigir, abastecer, sustentar, culpar e gritar *É teu filho*. São nossas lembranças que não deixamos dissolver no espaço da casa que somos, apartamento que alugamos.

Caio chora mais, inunda a pele da própria existência, soluça fluído num desespero que é criança de cinco anos ouvindo a mãe berrar *Eu te amo, mas caminha feito homem*. Caio chora. Chorava mais antes de mim, eu sei pelos caminhos escritos nos olhos, no fundo, os percursos incrustrados na individualidade de Caio, as raízes que enxergo contadas e nem tão perdidas quando seus modos de olhar-rir iluminam-se para mim, os sinais de que Caio vai sobreviver mais um dia, comigo, para além de mim.

A criança de seis anos que cresceu em Caio, dividido e ainda assim completo e robusto, fez cinquenta anos ontem. As raízes transformadas em outros caminhos em Caio estão em silêncio, tornaram-se insistente coragem, outras são abismos agora. A humilhação que quase matou sua criança de sete anos transformou a criança de doze anos que Caio apaziguo no futuro.

Ele chega, todos os dias, com uma carinha que é pedido de socorro e salva-nos. Espera eu sair do banho, olha para mim e vejo todas as suas crianças sem raiva ou medo, talvez uma decepção pela espera abatida de ter perdido tanto tempo para nunca ser além de um Caio dividindo um apartamento dizendo-se casa. Protegemo-nos rindo, nos abraços cansados que ele projeta sobre meu corpo ainda molhado, sem perdermos o rumo das crianças morando em nós, na casa que fizemos nossa.

Bendito seja o amor do filho

Impossível dizer qualquer crueldade sobre uma mãe protegendo o filho de toda miséria e que fez de sua vida uma dedicação eterna sacrificada. Filho, tu vai dizer, como sempre disse, que tua mãe é louca, absurda, mas tudo que fiz foi para o teu bem. Olha nós dois agora juntos como tu nunca imaginou e eu sempre esperei.

Eu dizia Então nunca mais vamos viver juntos, e tu reclamava que tinha trinta anos, homem inteiro, precisava começar uma vida longe da família, longe de mim. Filho, de onde já se viu ganhar a vida longe da mãe? O nome disse é derrota.

Tu sempre reclamou que se sentia violentado por todas as tentativas de te orientar e cuidar do teu futuro. Todas as críticas saíam de mim abençoadas. Por que, filho, tu diz que tem a beleza do amor que tu quis viver fora de casa, com esses homens conhecidos em teus segredos apenas? Isso não é de deus, filho. Do céu, nas palavras nascidas na bíblia, é homem e mulher. E veio tu, e me arrependi tanto de não ter feito mais cuidados com cautela, por não ter rezado mais, por ter conhecido teu pai no pecado, e veio tu. Ninguém nunca disse um Ai sequer da criança que tu foi. Educado, polido, brilhante, tinha palavra gentil pra tudo, iluminava o percurso da alegria de qualquer pessoa, e eu gritava, filho, pra tu caminhar como homem, pra te proteger, e também pra tu ser outro. E tu cresceu, todo encorpado a ser tudo o que te dizia doente e desviado. As brigas em casa, a nossa, minhas irmãs, as tias, as tuas, meus pais, teus avós, nosso amor mordia desafivelando as raivas para nunca resolver os rancores que éramos como doença. E o que importa? Família é família, filho. Foi lá que tu nasceu, sob aquele céu, aquele teto, foi lá que cuidamos de ti e te demos o melhor de nós.

E então, aos trinta e três, nosso filho disse Vou embora, nunca voltou, e pouco se abriu para nos receber. Fomos perdendo o que éramos um a um, arranhados e tristes, nossa família.

Quando me ligaram para contar teu estado, a reação premente em mim foi libertar uma agonia obscena e feliz, porque eu sabia que ficaríamos juntos de novo.

Filho, tá me ouvindo? Espero que agora tu entenda quando falo dos desígnios de deus, dos pecados que eu quis afastar dos teus caminhos, agora é como se tu a cada dia voltasse para dentro de mim, renascendo criança, renascendo a casa de onde tu fugiu, o céu da família cheia de bênçãos que te protegia. Estamos juntos e tenho tristeza por saber que tu não pode mais seguir sozinho, avançar sobre teus planos com aquela alegria bondosa e vibrante, tua boca pesa esquerda, lavando o pescoço de saliva grossa e toda comida líquida envergonhando teus trinta e três anos de hoje, e eu aqui, aquela que tu não queria perto. Como é que tu dizia? Mãe, tu me aprisiona numa expectativa impossível, dizendo que eu não te aceitava. E não aceitava mesmo, criança, e eu sempre acreditei que deus te mostraria a verdade, o poder dele revelaria o que é amor e verdade.

Deus abençoa toda mãe, e é por isso que ele colocou tua doença na nossa família, e a casa que tu dizia que precisou inventar longe de nós, do passado, agora me recebe como nossa também.

Sou eu que limpo as merdas que teu corpo não controla, lavo o corpo azedo da criança que tu te tornou.

Tu retornou, filho, para o fundo do que eu desejo: te ter criança eterna no amor.

Ninguém ousaria dizer sobre crueldade agora, porque tu está pagando pelos pecados e eu recebo a benção de continuar mãe dento da casa que tu quis liberdade.

Teu corpo afiando a robustez e o brilho, teu namorado sumiu. Tenho lavado teus pecados todos os dias, cantando glórias ao senhor que é bom e justo.

Sou a tua mãe, criança.

Está me ouvindo, filho?

Tu vai ser o filho, o meu, para sempre.

A *última casa*

"E eles disseram: Crê no Senhor Jesus e serás salvo, tu e a tua casa."
Atos 16:31

Pensar nos dias restantes de alguém que se ama é um exercício de fé ou ignorância? Se viver é uma experiência misteriosa, de acontecimentos indecifráveis, quem pensará que há algo ou alguém repleto de eternidade?

I – A esperança é um acidente

Quando ela sobreviveu ao seu maior pesadelo... Foi assim que, há dez anos, comecei a escrever sobre o futuro, quando quis que a vida cansada da última mulher na família não chegasse ao fim. Escrevia para que tudo que eu esperava que desse certo realmente acontecesse. Ela não sobreviveu. A notícia sobre a sua viagem chegou lenta dentro da minha partida, cheia de um silêncio roído, desgastado. A voz que soluçava pelo telefone tentou poupar de decepções inevitáveis a criatura que sou.

Ela morreu. Antes disso, dera uns gemidos de dor, estalidos fracos da vida que se esvaía. Os ossos estavam intactos após uma cirurgia não tão complicada, mas os canais da consciência ficaram cheios de incompreensão, e a alma se despedaçou, junto com a coragem de sobreviver. É preciso mais alguma coisa para seguir adiante?

Visitei-a, antes de partir. Ali, no leito da agonia, sua magreza deitada sem resistência lançava palavras soltas sobre o amor que ela não reconhecia. Ensaiei alguns beijos. Aproximei o rosto e esperei que ela, como antes, soprasse alguma esperança. Projetou os lábios secos, a voz amarrada na memória, e encostou os lábios no meu rosto. A força que declara a dor é a mesma que reclama o futuro. E ela chorou e deixou tudo escorrer para dentro porque não quis gastar o resto de vida. Cheia de si, o rio de compaixão que nunca me afogou.

Seu adoecimento foi transferido para o espaço frio cheio de aparelhos e pessoas inconscientes, no mundo dos sonhos dormentes. A alegria não era mais uma presença destemida; soava mais como uma lamentação aborrecida, o corpo vibrando saturado, a consciência de olhos vendados e palavras retorcidas. A atenção borrada a impedia de entender o sorriso dos outros. Estava perdida nos caminhos de uma doença sem nome, e que se acinzentava com a falta de compreensão.

Ela contava um segredo, com a mão erguida no ar, traçando arcos e curvas lentas, declarado de maneira espalhafatosa ao mesmo tempo repleto de cuidado e determinação. A confiança presa nos dedos que se moviam desconexos ao traçar um percurso no ar que poderia ser explicação ou brincadeira distraída.

Ela regia a Orquestra da Tristeza Medicada com os dedos magros da mão direita, os sons do sofrimento atingindo a enfermaria inteira como uma rajada fria de algo maior que tudo que ela era, e os olhos da plateia que a assistia conseguiam aplaudir os seus murmurejos.

A voz enfraqueceu apenas no terceiro dos trinta e seis dias de internação. As palavras entraram num canto secreto e empoeirado atrás da sua disposição. Depois surgiu novamente, abafada, com um tom rascante de liberdade ofendida, e os grãos de poeira da alma que não desiste emprestou-me algumas dúvidas.

Na boca formara-se uma gruta que a língua, como um peixe curioso a visitar a superfície de um lago, lutava para não se guardar, e vinha de encontro aos lábios em busca de algum alento. Ela não se conformava com o silêncio, e fazia barulho para continuar viva.

Ela não parava de contar uma história incompreensível e sem fim; talvez fosse a história da sua vida que ela quisesse que eu ouvisse outra vez. Mas a língua fazia malabarismos com as palavras que escorregavam nos enganos de sua incapacidade e caíam para dentro da boca; o acúmulo de tudo que foi dito ou esquecido, de tudo que foi aceito e reprimido a fez afundar.

Ela silenciava em momentos curtos. Franzia a testa, que expressava pureza e indignação, e recomeçava o palavreado. Inerte, desafiando a ausência de culpa, emendava palavra seguinte em palavra seguinte, todas desabrigadas, aos pedaços, amolecidas e vacilantes em sua língua pesada, porque era sua maneira de continuar firme. Se ela parasse de falar, a vida se indignaria com o silêncio, receberia o mesmo como uma ofensa arrogante e resolveria deixá-la menos viva.

Eu ria para tentar agradá-la; desfiei assuntos antigos que ela gostaria de saber que ainda existiam fora dali. A alegria descansava nas dobras da velhice calejada. Uma energia flutuante, como um fantasma intimidado pela força de orações, dissipava-se quando ela fitava meus olhos.

Eu procurava esperança dentro dela, e ela, concentrada num ponto vazio que lutava para ser preenchido, buscava algo maior que o amor, os tons do milagre, dentro dos meus olhos.

E ficamos ali, apavorados, colidindo em descrença e fé, acesos, com sorrisos mansos trincados no rosto, a esperar uma espécie de salvação mútua nascer da nossa expectativa apreensiva.

Cada vez que ela piscava os olhos, eu compreendia o sistema simplificado e úmido que ela tentava me explicar, um sistema hidráulico movido a esperança e tristeza desentendida; uma geringonça cansada que gemia dentro puxava seu sorriso para fora e empurrava nosso desespero para dentro. Ela pretendia dizer Não deixe meus cabelos desarrumados, não permita que me vejam nua, quando for possível, traga os anéis e aquele vestido colorido preferido.

Quando ela morreu, procurei todas as fotografias em que ela ria ou tocava minhas mãos, e esperei a vida se repetir; esperei que alguma mágica rasgasse o pedaço da realidade com o qual me acostumei. Deixei chover para fora dos olhos e rezei as orações inocentes que ela viveu para me ensinar. Quebrei vinte ovos numa frigideira e esperei que a minha experiência na cozinha trouxesse um gosto diferente do amargo que é perder uma pessoa preferida.

E então o espaço que ela deixou encontrou todas as perdas antigas. E a vida não foi mais a mesma.

Talvez ela só quisesse mais alguns anos para voltar a dançar, como bem fazia em sua adolescência. Ou quisesse apenas dizer que eu não deveria permanecer ao lado de quem me empurra para o lado oposto do que eu sempre quis. Ela queria mais tempo para me ensinar a viver de novo.

II – Os sons do amor e das catástrofes íntimas

O corpo acomodado na dor e na fraqueza. Ela não podia falar; nenhum dos seus sons era parecido com os de antes. Os sons de antes eram musicados, pulsantes, deixavam a vida alguns tons acima, sem desconforto. Nos seus últimos dias, ela não conseguia mais cantar. Nem ver. Não com os olhos que estavam molhados de problemas maiores que ela. Ela enxergava outra vida, por dentro. Existia algo florescendo abaixo das camadas de fios, pele e quase nada de gordura e osso que eu não conseguia enxergar.

Era possível fechar os olhos e imitá-la no movimento, agarrar a frequência da outra vida com a ponta dos dedos, se alma tivesse dedos e esses dedos, pontas; o brilho da vida não é o desabrochar de quando ela dançava pela sala, solta, o balanço do corpo frágil espalhado em minhas mãos e braços, de quando ela me abraçava e girava vagarosa, e o balanço do corpo, em ondas, em mim.

Só depois percebi que ela possuía mares marcando a cor dos cabelos, imóveis; ondas que eram dobras, no corpo todo; ondas na língua, nas sobrancelhas, na pele toda. Ela tinha um mar inteiro, o som que nascia dela era aquele rugido calmo e gigante, ao oferecer paz e futuro. Siga em frente, molhe a ponta dos dedos, mergulhe.

Mas quando olhei o corpo inerte, os olhos fixos no espaço entre mim e ela, entendi que não possuía mais mar algum. Deserta.

Fiquei lá esperando o céu desabar, e as estrelas se espatifarem inteiras sobre meus pés. É exatamente assim que se sente quando um sonho acaba?

III – Todas as pessoas de olhos abertos estão vivas?

A dor abre espaço para uma cumplicidade latente, um percurso largo que permite uma caminhada comprida de todos os que pretendem chegar a lugar algum. Dói, e não é porque esteja machucando.

No leito ao lado, na dor ao lado, na família vizinha que sofria tanto quanto a nossa, uma mulher desconhecida angustiada pediu uma explicação sobre os motivos que levaram o marido à morte. Queria entender a desistência do corpo, ou da alma, a falha na norma que o levou embora. Vamos mesmo embora quando o corpo desiste?, pensei em questionar bem alto. A médica deu a mesma explicação aproximadamente quinze vezes. A mulher desconhecida, chorando numa discrição consternada, pediu que a médica lhe explicasse outra vez. E a médica, revelando os detalhes possíveis, com uma calma que surpreendia a si própria, explicou mais uma vez. Ter uma explicação mil vezes para a morte do marido ajudava-a a ressuscitá-lo em sua saudade que acabara de começar.

A mesma médica dizia para mim que a consciência da última mulher da casa estava flutuando. Ela dizia "Ela flutua". Ela, como um barco rumo ao infinito, um passarinho com as asas quebradas, um anjo quieto com a fé fraturada e rindo manso preso à eternidade que se alimenta de tudo que é dos outros, ou uma pluma numa corrente de ar rumo ao infinito.

IV – No mundo há o que não muda e o que resiste com bravura e amor

Ela sempre entendeu a tristeza como um castigo resignado, a condenação dos que tropeçaram antes de concluírem alguma missão incrivelmente desnecessária e cansativa. No entanto, a felicidade exausta permanecia vibrando por todo o corpo. Ela fazia tudo que é ruim parecer pequeno e limitado. E a grandeza que há na eterna espera pelo amanhã cheio de compromisso com o hoje, que aprendi com ela, não me cansará nunca: um toque pequeno que não se desgasta.

Ela me ajudava a entender que fé não é a certeza de que tudo que não é agradável terminará bem, mas a aceitação de que há o inexplicável solto no mundo e que Deus sabe o que prepara para o dia seguinte. Se as pessoas preferidas vão ficar, partir definitivamente, viver apenas até amanhã ou morrer antes da despedida torna-se um mistério iluminado apenas de esperança.

É o amor que destranca qualquer vida que recomeça e termina. E toda saudade genuína tem um quê de honra e dedicação. Saudade é do que é bom. Do que foi desagradável temos apenas lembranças carregadas de alívio pelo possível que foi feito e satisfação pelo desgosto que foi superado.

V – Ninguém salva ninguém do pior de si

Por muito tempo, acreditei que saberia salvar minhas pessoas preferidas que estivessem vivendo um momento cruel. Acreditei que quando elas estivessem por perto, eu impediria que o vento forte das tempestades da desgraça destelhassem o conforto e o sossego da morada que as protege, ou que eu as cobriria com um guarda-chuva, ou apanharia com pressa as telhas que se estraçalham no chão após as tormentas, e as ajudaria a morar em outro aconchego, que eu confrontaria a doença que as mata e seria ousado e impertinente com a morte. Mas não. Minha alegria apenas rasteja, sibilante, arruinada, tocando de leve o corpo gasto que não quer partir.

VI – Os mandamentos do amor que redime não te levam ao fim

Ela me ensinou a desistir do que não muda, esquecer quem não entende os modos improváveis de permanecer na sua vida; ensinou que o perdão é um milagre demorado, cheio de trabalho e compromisso, que simplesmente existem pessoas que vão mentir e forjar um desejo superficial e frágil e que eu precisarei ter coragem para encontrar outro rumo longe delas. Ela não permitia que sua raiva amadurecesse até o sexto dia. Ela madurava sua resiliência fazendo-se uma mulher com um brilho de condescendência e bravura que não guardava no peito o que era ofensivo e mau.

Então ela esquecia.

Exercitou tanto o esquecimento que, um dia, esqueceu a maioria de tudo o que importava também. Fechou os olhos, e dormiu.

Quando ela acordar, haverá uma luz calma amansando sua saudade e ajudando-a a resgatar as boas lembranças.

Quando acordar, o mundo será outro. Mas nós não estaremos mais lá.

Quando ela abrir os olhos, a vida começará de novo.

Viva. Não entre nós.

Sozinha numa casa que não existe mais.

Agradecimentos

Às casas que não inventei sozinho, obrigado:

Agradeço à amiga Janna Érica por ser irmã, pela fé nas palavras, e por nunca ter me deixado morrer no dia seguinte. À amiga Kátia Simone, por ter ficado perto e acreditado nas palavras que eu escrevia antes de mim. Obrigado, Andréa Marques, por tudo que veio junto com a nossa amizade, a família e o afeto.

Obrigado, Aline Cardoso, Adriana Delgado, Bruno Motta, Tatiana Cetertich pela leitura afetiva do livro e casas abertas no coração que me faz bem.

À casa onde nasci, obrigado: Mãe, pelo nascimento, sacrifícios e amor. Aos meus avós, que moram em algum céu, por terem me permitido seguir minhas transformações e descobrir outros lares que hoje se reinventam em mim.

Obrigado, Marcelo Maluf, por permitir que a minha escrita encontrasse a sua coragem e sabedoria; por ter dito sim para textos que eu nem sabia que caminhos tinham.

Obrigado, Omar Godoy e Rogério Pereira, pelo espaço criado e fortalecido para autores e autoras inéditas. Meus agradecimentos também às juradas do Prêmio Paraná de Literatura 2018, Andrea Del Fuego, Ivana Arruda Leite e Rodrigo Gonçalves, que apostaram anonimamente nessa escrita e nesses contos. Obrigado, Andrea Del Fuego, por ter sido sonhos e inspiração, e anos depois, um abraço.

E meu muito obrigado, Editora Moinhos, na pessoa do Nathan Magalhães, por me convidar para entrar. Agora me sinto em casa.

Este livro foi composto em tipologia Meridien LT Std,
no papel pólen Soft, enquanto a diva Gal Costa cantava *Vapor Barato,*
para a Editora Moinhos. Era noite, em novembro de 2019.

A América Latina padecia de um mal chamado conservadorismo.